Albert Wendt

Henrikes Dachgarten

Albert Wendt
wurde 1948 geboren. Er lebt seit seiner Kindheit in einem Dorf bei Leipzig. Nach dem Abitur arbeitete er als Heizer, Schlosser, Ringer, Traktorist, Armist, Kulturwissenschaftler, Bühnenarbeiter und Dichter. Er schreibt Aphorismen, Gedichte, Hörspiele, Kindergeschichten und Theaterstücke.

Bei Jungbrunnen sind folgende Titel von Albert Wendt lieferbar: *Adrian und Lavendel* (2004), *Betti Kettenhemd* (2008), *Marta-Maria* (2010), *Der kleine Waldräuber* (2012), *Der kleine Fallschirmspringer* (2013) und *Das tanzende Häuschen* (2015).

ISBN 978-3-7026-5916-5

1. Auflage 2018

Einbandgestaltung: Linda Wolfsgruber

Druck und Bindung: Christian Theiss GmbH, A-9431 St. Stefan
Alle Materialien FSC-zertifiziert.

Albert Wendt

Henrikes Dachgarten

Das Wunder auf der Krummen Sieben

Mit Illustrationen von Linda Wolfsgruber

Jungbrunnen

Erstes Kapitel
Ein sanfter Hügel Moos

Ein Mädchen von zwölf Jahren stand auf dem flachen Dach eines Wohnhauses und neben dem Mädchen kniete ein ungewöhnlich großer und schwerer Mann. Die beiden betrachteten ein Stückchen Moos, nicht größer als ein Puppenkissen. Winterstürme hatten morsche Zweige, fauliges Laub und Hüllen toter Insekten zusammengeweht. Auf diesen Resten des alten Jahres hatte nun der Frühling ein Moosbeet angelegt.

„Wir wollen diesen grünen Hügel *Henrikes Dachgarten* nennen“, sagte der Mann.

„Und wir wollen Blumensamen in das Moos streuen“, sagte das Mädchen.

Der Mann und das Mädchen waren Henne und Henrike. Henrike war nicht niedlich, eher schön und eigen. Henne, der Mann, war auch nicht niedlich. Er hatte einen Nacken wie ein Stier, Blumenkohlohren wie ein Ringkämpfer, und vor sich her trug er einen prächtigen Bauch. Und, ich sage es lieber gleich, er hatte einen leichten Dachschaden. Er hieß Henne, weil er in Wirklichkeit vielleicht Hendrik oder Henry hieß. Henne war Dachdecker.

Nachdem der Dachdecker Henne ein Hügelchen Moos Henrikes Dachgarten genannt hatte, begannen die wundersamen Ereignisse auf dem Dach der *Krummen Sieben*. Krumme Sieben, so sagten die Leute zum Haus Krumme Gasse Nummer sieben.

7

Am nächsten Morgen, Henrike war in der Schule, stieg der Dachdecker Henne aufs Dach, um Blumensamen ins Moos zu streuen. Er kam nicht dazu. Er stand da, starrte auf den Hügel und sagte immer nur: „Oh! Oh! Oh!“

Aus dem Moos waren über Nacht zwei Bäume gewachsen, richtige, große Bäume, doppelt so groß wie der große Dachdecker Henne. Die Bäume standen dicht beieinander, als hielten sie sich mit ihren Zweigen umschlungen. Die Bäume waren bezaubernd schön. Es waren zwei junge Birken.

„Oh! Oh! Oh!“, sagte Henne. Natürlich dachte er sofort an einen Streich. Irgendwer hatte in der Nacht die Birken gepflanzt. Doch dann dachte Henne, dass es keinem Menschen möglich war, so große Bäume in diesen flachen Hügel zu pflanzen.

„Das glaubt mir niemand“, flüsterte Henne, und schaute und dachte und schaute und dachte.

Henne, ich erwähnte es bereits, hatte einen leichten Dachschaden. Er war höchst menschenscheu. Aber sonst war er gar nicht scheu, im Gegenteil. Ganz selbstverständlich nahm er das Wunder der zwei Birken entgegen. Er schleppte einen hölzernen Waschzuber und eine alte Zinkbadewanne aufs Dach. Dann schleppte er auf seinen mächtigen Schultern einige Papiersäcke voller Blumenerde nach oben und füllte die Gefäße. Er pflanzte äußerst behutsam die eine Birke in die Wanne und die andere in den Zuber. Das Wurzelgeflecht der Birken breitete sich sofort im fruchtbaren Grund aus und verankerte sich dort fest. Was sonst Monate dauerte, geschah in Minuten. Die Zweige der jungen Birken rauschten im sanften Frühlingswind, als wollten sie flüstern: „So ist es gut."

Als am Nachmittag Henrike, eine winterblasse Topfpflanze in der Hand, mit der sie ihren Garten vergrößern wollte, aufs Dach stürmte, standen die zauberhaften Birken und ein strahlender Henne neben dem grünen Hügel.

Henrike wurde ganz übermütig vor Freude. Sie streichelte die Birkenstämme und boxte Henne in den Bauch.

„Hast du die Bäume im Wald geklaut", fragte Henrike, „oder hast du sie richtig gekauft?"

„Das war so …", Henne grübelte. Er hatte zwar einen Dachschaden, aber er war kein Lügner. „Also, es waren mehr die Bäume selbst …"

„Also die Bäume haben dich geklaut?", sagte Henrike lachend.

„Nun, ich will sagen …" Henne war ganz durcheinander. „Ach! Ich weiß auch nicht so recht, wie alles kam."

„Es hat sich so ergeben", half Henrike Henne aus der Klemme.

„Genau", sagte Henne erleichtert. „Es hat sich er-geben. Ja, genau, so kann man das wohl nennen."

Nun bekam Henne viel Lob von Henrike ab, so viel, dass er verlegen wurde und nur etwa die Hälfte davon annahm. Und das war durchaus angemessen.

Henrikes Dachgarten bestand jetzt schon aus einem Mooskissen, einer mickrigen Topfpflanze und zwei Birken. Nun ja, viel war das nicht, nur ein grünes Pünktchen im weiten Dachsteingebirge. Doch dieses grüne Pünktchen hatte eine unsichtbare Kraft, eine Anziehungskraft.

Über viele Kilometer, weit über den Stadtrand hinaus, begann ein Wispern und Flüstern und Summen in den Wäldern, auf den Wiesen, in Parks und Gärten. Winzige Samenkörnchen setzten sich auf den Frühlingswind und ließen sich auf das Dach der Krummen Sieben tragen. Die weichen Zweige der Birken fingen die Körnchen auf und streuten sie um sich. In wenigen Tagen spross hauchzart eine Wiese unter den Birken. Dann kamen Käfer, Bienen und Schmetterlinge von weit her und tanzten um die Bäumchen und über die Wiese. Blaumeisen und Rotkehlchen schaukelten an den weich herabhängenden Zweigen der Birken.

Henne und Henrike halfen dieser unsichtbaren Kraft. Sie schleppten Kisten und Kästen, füllten Blumentöpfe mit Erde, bauten Regale, spannten Windschutzmatten und legten Rinnen zur Bewässerung an. Für die Vögel wurden Kästen gebaut, für die Insekten und kleinen Nager wurden Drahtkäfige mit Reisig und Laub gefüllt. So entstand in wenigen Wochen aus einem grünen Hügel ein richtiger Garten: Henrikes Dachgarten.

Zweites Kapitel
Höchst interessante Gäste

Henrikes Dachgarten zog aber nicht nur Pflanzensamen und Tierchen an, er zog auch höchst interessante Gäste auf das Dach der Krummen Sieben. Durch unerklärliche Signale angelockt, erschienen zwei Kaminkehrer und schleppten einen altmodischen Schrankkoffer in Henrikes Dachgarten. Sie stellten den Koffer ab, setzten sich auf zwei leere Kisten und schwiegen feierlich.

Henrike klopfte auf das Ding und legte das Ohr dran. Die Kaminkehrer grinsten. Henne schob behutsam die rostigen Schlösser auf und öffnete das alte Reisemöbel. In der hohen Holzkiste war eine richtige kleine Küche. Fein sortiert waren Kochgeschirre und Tassen drin, Gewürztüten, ein Wasserkanister und ein Kocher, es gab Bestecke, Trichter, Siebe und zierliche Krüglein mit Olivenöl und Essig.

Henrike schrie auf und umarmte die Kaminkehrer. Die Freude und der Ruß machten das Kind noch schöner. Die Kaminkehrer hüstelten verlegen.

„Ist doch nur eine Kleinigkeit. Hat so rumgelegen. Vielleicht kann man das Ding gebrauchen. Der Wind ist manchmal ziemlich kalt hier oben, und da tut eine Tasse heißer Kräutertee ganz gut."

Henne untersuchte den Kocher und roch am Teekessel, alles war sicher und sauber. Henne setzte Wasser auf, und bald kam es im Garten zur ersten Teestunde, gebraut mit feinsten Brennnesseln aus eigener Ernte.

Die Kaminkehrer kamen nun öfter, fassten im Garten mit an oder erwärmten sich nur im Stehen mit einer Tasse Tee. Dann sagten sie seufzend: „Na, dann wollen wir mal wieder. Kamine kehren sich nicht von alleine. Also dann, bis zum nächsten Mal!“ Sie sagten es und rührten sich nicht von der Stelle und konnten sich nur schwer von Henrikes Dachgarten lösen.

Der Garten konnte aber nicht nur Kaminkehrer anziehen, er zog sogar einen eisernen Riesen an. Mitten aus heiterem Himmel erschien plötzlich ein riesiger Kranhaken über dem Dach der Krummen Sieben. Der Kranhaken war dicker als Hennes Bauch, wohl eine Tonne schwer. Er schwebte ruhig an zwei Drahtseilen heran und blieb neben den Birken unbeweglich in der Luft. An den mächtigen Haken war ein dünnes seidenes Bändchen geknotet, daran hing ein Handkorb aus Weidengeflecht.
Der Korb war mit einem karierten Tuch bedeckt. Unter dem Tuch waren zwei Blumentöpfe, einer mit roten Rosen und einer mit weißen Rosen. In den Rosen klemmte ein Brief.

„Gleiner Grutz fir den Garden
vom Rihsen Eisenhant“

„Nun ja", sagte Henrike und lachte, „für eine eiserne Hand ist das gar nicht schlecht geschrieben."

Sie rannte hin und her, leerte den Korb, hantierte in der Küche und legte ein Butterbrot mit Schnittlauch in den Korb hinein. Dann schrieb sie einen Dankesbrief.

Lieber Riese Eisenhand,

danke! Ich weiß, dass die roten Rosen und die weißen Rosen aus einem Märchen von Hans Christian Andersen sind, sie bedeuten Freundschaft. Und nun bist du unser Freund. Komm bald wieder. Dann schicke ich dir Radieschen, die sind jetzt erst so groß wie Erbsen, werden aber bald so groß wie Kirschen sein.

Liebe Grüße von Henne und Henrike

Als Brief und Brot im Korb verstaut waren, winkte Henrike hinüber zu einer Baustelle in der Nachbarschaft. Mitten in dieser Baustelle stand ein Kran, der alle Häuser überragte. Unter dem Kranarm war eine Kabine. Doch das Glas dieser Kabine spiegelte stark und Henrike konnte den Kranführer nicht erkennen. Aber der Kranführer konnte ganz bestimmt das Dach der Krummen Sieben gut überschauen, denn mit Henrikes Wink schwebte der kleine Korb am mächtigen Haken in die Höhe und davon.

Die Birkenzweige schaukelten weich, berührten sich und rauschten lieblich, als flüsterten sich zwei Mädchen Neuigkeiten zu.

Und die Anziehungskraft des Gartens ließ noch lange nicht nach. Eines Tages, kurz nach der Bekanntschaft mit dem Riesen Eisenhand, überquerte ein fremder Junge das

Dach der Krummen Sieben. Der Junge hatte sein Gesicht tief in einem Kapuzenpullover verborgen. Der Junge war etwas älter als Henrike. Ohne den Kopf zu heben und ohne Gruß ging der Junge über das Dach der Krummen Sieben und verschwand auf dem Dach der Krummen Acht. Am nächsten Tag tauchte der Junge wieder auf. Diesmal verweilte er etwas, saß ein paar Minuten auf einem Schornstein, betrachtete Henrikes Dachgarten und verschwand wieder wortlos. Der Junge kam nun täglich.

„Püh! Der ist Luft für mich“, sagte Henrike und drehte sich so, dass keiner sehen konnte, wie sie rot wurde.

Dieser Jüngling aus Luft war ein Dachwanderer. Seine Bewegungen über die Häuser waren eine Mischung aus Fassadenkletterei, Bergsteigen und Klippenspringen.

Der Dachwanderer tauchte auf und verschwand. Er grüßte nicht, machte nur ganz unauffällig einen Handstand auf einem Schornstein, kletterte lässig an einem Blitzableiter hinauf oder lief auf dem First des Steildachs pfeifend, die Hände in den Taschen, wie ein müßiger Schlenderer daher.

„Püh!“, sagte Henrike nur und zeigte keinerlei Bewunderung.

Henne, der nahezu alles über Bewegungen auf Dächern wusste, bewunderte den Jungen sehr. Aber er durfte das nicht offen zeigen. Nur einmal, als Henne über die Anziehungskräfte des Gartens sprach und dabei auch den Dachwanderer erwähnte, da lächelte Henrike sonderbar überlegen.

Drittes Kapitel
Frau Hux mit dem Besen

Hoch oben im Dachsteingebirge blühte und zwitscherte und duftete Henrikes Dachgarten. Und es sprach sich herum, dass das ein ganz besonders guter Ort war. Davon hörte auch die Dame Hux aus dem zweiten Stock. Diese Frau Hux schlich mit ihrem Besen herum, schnüffelte in den Ecken, wollte alles wissen, alles kontrollieren, überall nach dem Rechten sehen. Diese Frau Hux beherrschte mit ihrem Besen die Krumme Sieben. Die Dame Hux hörte also viel Lob über Henrikes Dachgarten. Das ärgerte sie. Da war etwas im Gange und sie, die Hux, war nicht dabei, hatte es nicht im Auge, hatte es nicht im Griff, konnte nicht stutzen und putzen. Das war ihr unerträglich. Sie wollte nicht nur das Haus, sie wollte auch das Dach beherrschen.

Eines Tages lauerte die Huxen am Fenster, bis Henrike durch die Krumme Gasse zur Schule ging. Sie schlich mit dem Besen in der Hand und einer Heckenschere im Gürtel die Treppe hinauf zum Wäscheboden. Sie schlich zur eisernen Feuertür zum Flachdach, legte ein Ohr an das rostige Blech und lauschte. Nur ein leichter Wind sang durch einen Spalt. Die Tür kreischte. Dann schwieg die Tür und Frau Hux kreischte: „Unerhört!“ Was sie sah und was andere mächtig anzog, nämlich Henrikes Dachgarten, das war für Frau Hux abstoßend, das brachte sie in Wut.

„Schimpf und Schande,
Wildnis nagt am Abendlande!
Schreck und Graus!
Ein Dschungel schluckt das Haus!
Verflixt, verflext, verfluxt!
Jetzt wird hier gehuxt!“

Frau Hux zog die Gartenschere wie ein Schwert aus dem Gürtel. Sie stürzte sich mit Besen und Schere auf Henrikes Garten. Sie wollte den Garten stutzen und putzen, bis alles schnurgerade, krümelfrei und besenrein wie ihre gute Stube war. Voller Tatendrang schritt die Dame Hux auf den Dachgarten zu. Zwei junge Birken standen da, durchsonnt und anmutig wie zwei Mädchen. Und wie Mädchenhaar wehten die weich hängenden Zweige.

„Ha!“, sagte die Hux. „Mit euch zwei Hübschen fange ich an. Euch verpasse ich eine neue Frisur, einen strengen Bubikopf werde ich euch schneiden.

Einmal Schnipp und einmal schnapp!
Die langen Loden müssen ab.“

Und sie klapperte im Dreivierteltakt mit der Gartenschere. Doch plötzlich stand da, wie aus dem Boden gewachsen, ein Kerl mit mächtigen Schultern und einem prächtigen Bauch. Wortlos hob der starke Kerl eine schaufelgroße Hand und hielt die Pranke, nach oben geöffnet, der Dame Hux entgegen. Wortlos legte die Dame Hux die Gartenschere in die Pranke. Wortlos wurde das Gerät zu einer Brezel umgeformt, als wäre der scharfe Stahl aus

Teig. Mit einer Verbeugung überreichte der Brezelbieger das umgestaltete Werkzeug der Dame Hux. Die Dame Hux riss entsetzt die Augen auf. Sie wollte gerade auch entsetzt den Mund aufreißen, da tauchten hinter einem Schornstein zwei Kaminkehrer auf. Die verrußten Männer stellten sich, mit leuchtendem Augenweiß in den schwarzen Gesichtern, neben den Kerl mit den Schraubstockhänden.

Wie drei grimmige Wächter standen Henne und die Kaminkehrer vor Henrikes Dachgarten. Frau Hux wich ein Stück zurück. Eine Windböe brauste übers Dach, zerzauste das Haar der Hux, und ihr Kleid knatterte um die dürren Knie. Die weichen Birkenzweige peitschten drohend die Luft vor ihrer Nase.

„Ja, Frau Hux, hier oben weht ein ganz anderer Wind als da unten in den guten Stuben. Hier gibt es Leute, die tauchen auf und verschwinden geheimnisvoll und lassen sich nicht stutzen und putzen. Adieu, Frau Hux, herrschen Sie mit dem Besen im Haus, auf dem Dach sind Sie nicht willkommen."

Keiner sprach diese Worte, doch Frau Hux vernahm sie deutlich. Sie ging schnell in kleinen Schritten rückwärts zur Blechtür. Die Tür krachte, harte Absätze klapperten über den Wäscheboden davon.

„Henrikes Garten muss weg!", murmelte Frau Hux vor sich hin. „Da muss ein Besen her, die Sache muss bereinigt werden, wenn nicht heute, dann morgen, wenn nicht morgen, dann übermorgen. Putz und Stutz!"

Am Nachmittag, nach diesem Besuch, ruhten Henne und Henrike auf der Wiese unter den Birken.

„Henne, mein Freund", sagte Henrike, „du bist ein er-

wachsener Mann, ein Dachdecker mit einem dicken Bauch, und glaubst an Hexen. Es gibt keine Hexen."

„Es gibt Hexen", sagte Henne.

„Gib zu, dass ich klug bin", sagte Henrike listig.

„Du bist klug."

„Gib zu, dass du einen leichten Dachschaden hast."

„Zugegeben. Ich habe einen leichten Dachschaden."

„Wer hat also recht?"

„Ich", sagte Henne ganz selbstverständlich. „Es gibt Hexen. Die Frau Hux aus dem zweiten Stock, die Hux mit dem Besen, ist eine echte Hexe."

„So, so!", sagte Henrike schnippisch.

Und Henne erklärte, dass die Hux nicht nur eine echte Hexe wäre, sie wäre eine Hexe von der gefährlichsten Sorte, sie wäre eine Putz- und Stutzhexe. Und diese Hexensorte könnte nur schwer erkannt werden, weil sie so brav aussähe.

„Und du hast sie durchschaut", spottete Henrike.

„Ja. Weil sie Hux heißt", sagte Henne ernst.

„Hux heißt aber Hux und nicht Hex."

„Das ist so", erklärte nun Henne, „jeder Mensch darf ins Rathaus gehen und sich einen Buchstaben kaufen, für genau 200 Euro. Und die Hux hat sich ein ‚U' gekauft und heißt nun Hux, vorher hieß sie Hex."

„Und du hast Angst vor ihr", neckte Henrike und lachte.

„Angst? Ha! Ich bin ein Dachdecker, Dachdecker kennen keine Angst. Aber“, gestand der starke Mann, „Dachdecker sind sehr vorsichtig.“

Nach einer Pause sagte Henne: „Vielleicht gibt es nicht nur echte Hexen, vielleicht gibt es auch echte Feen.“

„Oho, ganz echte Feen“, sagte Henrike spöttisch.

„Vielleicht“, sagte Henne, „gibt es Gartenfeen?“

„Und wo sind diese Feen?“

„Vielleicht“, flüsterte Henne, sah lächelnd hinauf in die Birkenzweige, „sind sie ganz nah.“

„Ach, Henne, du bist ein Träumer“, sagte Henrike. „Aber du träumst sehr lieb. Vielleicht, weil du einen sehr lieben kleinen Dachschaden hast.“

„Aber Wunder gibt es“, fuhr Henne unbeirrt fort. „Das lasse ich mir nicht ausreden. Dieser Garten ist ein Wunder. Warum hat er so eine Anziehungskraft? Warum haben wir so schöne Rosen, so große Radieschen, so viel Salat und Kresse, sogar ganz empfindliches Basilikum?“

„Es gedeiht hier“, erklärte Henrike, „weil uns ein steiles Ziegeldach vor dem Nordwind schützt und der Dachschuppen vor dem Westwind, weil es hier viele warme Schornsteine gibt, die das Wetter beruhigen. Da hast du dein Wunder. Nun schlaf.“

Henne brummte noch etwas vor sich hin, dann schliefen die beiden ein. Die Birken tropften köstlichen Birkensaft auf Henrikes Lippen und heilten ihren blöden Husten. Sie tropften auch Saft auf Hennes Herz, das ihm manchmal so wehtat.

Viertes Kapitel
Die Schlange im Gemüsebeet

Die Anziehungskraft von Henrikes Dachgarten ließ nicht nach. Doch manchmal wurden höchst seltsame Gäste angezogen.

„Du hast eine Schlange gesehen?“, fragte Henne erschrocken.

„Ja, Henne, eine echte Schlange habe ich gesehen“, sagte Henrike. „Ich lag unter den Birken, da hörte ich ein Rappeln in der Salatkiste, dort neben dem Regal mit den Rosentöpfen.“

„Es hat also in der Kiste gerappelt“, sagte Henne. „Es wird wohl eine Amsel gewesen sein, die dort gescharrt hat. Amseln scharren wie die Hühner.“

„Keine Amsel, eine Schlange habe ich gesehen“, sagte Henrike. „Sie lag zusammengerollt in der Kiste und zischte.“

„Zischte sie böse?“

„Sehr böse.“

„So, so, sehr böse“, sagte nachdenklich der Dachdecker.

„Du packst die Schlange hinter dem Kopf“, schlug Henrike vor, „und dann immer nur festhalten, auch wenn sie noch so zappelt.“

„Und wie dick war die Schlange?“, fragte Henne besorgt. „So dick wie dein Finger?“

„Eher so dick wie mein Arm.“

„Unter- oder Oberarm?“

„Oberarm.“

„Oberarmdick! Oi, oi, oi!“, sagte Henne.

„Und sie hat böse gezischt“, sagte Henrike. „Tschi-tschi! hat sie gemacht, und die Zunge rausgestreckt.“

„Vielleicht“, sagte Henne und hob betont lässig die mächtigen Schultern, „vielleicht sollten wir diese Schlange einfach in Ruhe lassen. Soll sie doch in der Salatkiste wohnen. Ich baue dir eine neue Salatkiste.“

„Ach, Henne, sei kein Feigling. Du bist doch ein erwachsener Mann.“

„Aber ich bin auch ein Dachdecker, und Dachdecker sind äußerst vorsichtig.“

„Aber Dachdecker haben feste Arbeitshandschuhe, und sie können ordentlich zupacken“, sagte Henrike streng. Henne schob die Unterlippe vor, wie er es immer machte, wenn Henrike streng wurde und dabei recht hatte.

„Stimmt“, sagte er und straffte sich. „Auf den Zugriff kommt es an. Ich packe also die Schlange am Kragen und stopfe sie in meinen Brotbeutel.“

Henne, in Handschuhen, die Mütze tief ins Gesicht gezogen, näherte sich der Salatkiste. Sehr vorsichtig. Henrike schob mit beiden Händen den Dachdecker vorwärts.

„Tschi-tschi!“, zischte es aus der Kiste. Henne blieb stehen. Da half auch kein Schieben. Unter altem Laub, Birkenreisig und Strohhalmen bewegte es sich.

„Ich brauche etwas Langes, einen Stock!“, flüsterte Henne. Henrike sah sich um, sie fand eine Harke.

„Hier“, sagte sie. „Los, schieb das Laub weg und dann packst du zu.“

„Gut“, sagte Henne.

„Aber tu ihr nicht weh“, flüsterte Henrike.

„Sag lieber der Schlange, dass sie *mir* nicht wehtun soll.“

„Los jetzt!“, befahl Henrike.

Henne schob mit der Harke Laub, Birkenreisig und Stroh zur Seite. Aber was da zum Vorschein kam, war keine Schlange. Den langen Hals vorgestreckt, wild zischend, saß da, flach auf ein Nest gepresst, eine Ente, eine Wildente.

„Starrrk, starrrk! Quatsch und Quarrrk“, schimpfte die Wildente und ihre Zunge flatterte im aufgerissenen Schnabel.

„Oh, Verzeihung! Tut mir leid!“, stammelte Henne verlegen. „Kommt nicht wieder vor.“ Und er bedeckte die brütende Wildente wieder mit Laub, Reisig und Stroh. Die Ente beruhigte sich langsam, schnatterte nur noch beleidigt vor sich hin.

„Starrrk, starrrk! Quatsch und Quarrrk!“

Henrike aber stand da wie ein Kind vorm Geburtstagstisch. Sie leuchtete. Ein großer, glitzernder Vogel saß auf einem Nest voller Eier. Was für ein Geschenk!

„Henne, mein Freund“, sagte sie feierlich, „mach dich an die Arbeit. Wir brauchen einen kleinen Teich. Entenküken wollen schon am ersten Tag nach dem Schlüpfen auf einem Teich herumschwimmen. Wir brauchen einen Trog für Hafer. Enten fressen gern Hafer. Wir brauchen einen Namen für die Ente.“

„Ilse“, sagte Henne prompt. „Sie sieht aus wie eine Ilse.“

„Gut“, stimmte Henrike zu. „Sie soll Ilse heißen. Ja, Ente Ilse klingt gut. Wir brauchen ...“

„Pssst! Leise!“, flüsterte Henne und legte seinen dicken Zeigefinger auf die Lippen. „Ente Ilse braucht viel Ruhe.“

Henne und Henrike schlichen auf Zehenspitzen davon.

Fünftes Kapitel

Die große Verknallung

Im Huxenkopf drehte sich der Gedanke „Henrikes Garten muss weg! Henrikes Garten muss weg!“, Tag und Nacht wie ein Mühlrad. Und eines Nachts, als sich dieser Gedanke besonders munter drehte, sprang die Huxen aus dem Bett, schlug sich mit der flachen Hand an die Stirn und jubilierte: „Ich werde einen Brief an Henrikes Lehrerin schreiben.“

Sehr geehrte Frau Lehrerin!

Ihre Schülerin Henrike verbummelt ihre Zeit unbeaufsichtigt in einer Rümpelecke auf dem Hausdach. Diese Henrike ist äußerst verwahrlost, sie hat schwarze Fingernägel. Und sie ist auf dem Dach in schlechter Gesellschaft. Ich bitte Sie, Ihrer Kontrollpflicht nachzukommen und die Verwilderung des Kindes zu unterbinden.

Mit freundlichen Grüßen

Frau Hux, eine besorgte Nachbarin.

Die Hux verschloss den Brief, klebte eine Marke drauf, dann nahm sie ihren Besen und tanzte fröhlich durch die polierte Wohnung. Dabei trällerte sie:

„Verpfeifen macht Spaß!
Anschwärzen ist
ein reines Vergnügen.
Verzinken, eins auswischen,
das klingt doch wie Musik.

Hixe, Haxe, Hetze!
Die Hux ist eine Petze!“

Während sich Henne und Henrike um Ente Ilse sorgten, ging der Huxbrief auf seinem Postweg entlang zur Schule, dort ins Lehrerzimmer und landete im Postfach einer Lehrerin. Die Lehrerin seufzte: „Diese Hux ist eine Petze!“, und sie suchte im Kalender nach einer freien Stunde.

Die Lehrerin betrat den Dachgarten. Sie sah sich um, sie hockte sich hin, roch an den roten Rosen, roch an den weißen Rosen, roch an Salbei, Bohnenkraut, Thymian und Ringelblumen. Sie streichelte die rauen Blätter des Borretsch. Sie setzte sich in einen Liegestuhl. Der Liegestuhl, ein Geschenk des Riesen Eisenhand, war rotweiß gestreift und stand der Lehrerin vorzüglich. Die schöne Frau holte tief Luft, sah in den Himmel, sah in die Zweige der Birken und war glücklich. Wenn Lehrerinnen glücklich sind, dann endlich entspannen sie. Entspannte Lehrerinnen in Liege-

stühlen schlafen sofort ein. Henne, der sich hinter einem Schornstein versteckt hatte, kam hervor und betrachtete die schlafende Lehrerin.

„Schöööön“, staunte der Dachdecker.

„Schöne heißt sie, Frau Schöne“, sagte Henrike leise. „Früher hieß meine Lehrerin nur Schöne, doch neulich hat sie einen Herrn Mauze geheiratet, jetzt hat sie einen Doppelnamen und heißt Schöne-Mauze.“

„Schöne-Mauze? Stimmt!“, sagte Henne und betrachtete hingerissen Frau Schöne-Mauze.

Durch unerklärliche Signale angelockt, kamen die zwei Kaminkehrer übers Dach geschlendert. Sie stellten sich neben Henne und betrachteten genauso andächtig wie er die schlafende Lehrerin.

„Schöne-Mauze“, erklärte Henne das Ereignis. Die Kaminkehrer nickten zustimmend und nahmen respektvoll ihre Zylinder ab.

Die Ente Ilse auf ihrem Nest schnatterte leise: „Starrrk, starrrk! Quatsch und Quarrrk!“

Henrike sah erstaunt auf die drei verzückten Männer.

„Sieht ganz so aus, als geschehe hier gerade eine große Verknallung“, dachte Henrike.

Die Verknallung war gegenseitig. Die Lehrerin war in Henrikes Dachgarten verknallt und die Männer in die Lehrerin. Frau Schöne-Mauze kam nun regelmäßig. Kaum hatte sie zwei Freistunden, kam sie zu einem Mittagsschlaf. Manchmal kam sie auch nachmittags, um im Liegestuhl den Schulstress wegzuschlafen.

Frau Hux aber hatte etwas ganz anderes erwartet, keine schlafende Schöne unter einem heiteren Himmel, die

Hux hatte ein Erziehungsgewitter erwartet, mit Blitz und Donnerschlag.

„Putz und stutz,
hix und hax!
Die jungen Lehrer
sind zu lax!

Doch lax ist nicht die Huxen,
wer da wagt zu mucksen,
den haut sie auf die Buchsen."

Sechstes Kapitel
Ente Ilse und die Glucke Henrike

Zwei Frühlingswochen waren vergangen. Der Ententeich stand bereit. Es war ein Planschbecken zum Aufblasen für kleine Kinder. Der Hafertrog war mit einem Gemisch aus Quetschhafer und feingehackten Unkräutern, Ackerwinde, Melde und Brennnesseln, gut gefüllt. Henne und Henrike lagen auf ihrem Lieblingsplatz und sahen hinauf in die Birken. An den weich hängenden Zweigen schaukelten junge Blaumeisen.

„Ente Ilse ist flatterhaft", sagte Henrike besorgt.

„Unzuverlässig", stimmte ihr Henne zu.

„Eine Rabenmutter“, schimpfte Henrike, „kein bisschen häuslich.“

„Treibt sich auf dem Teich im Stadtpark herum“, schimpfte Henne, „mit zwei knallbunten Entenjungs.“

„Erpel heißen die, glaube ich“, sagte Henrike.

„Und zänkisch ist Ente Ilse auch“, sagte Henne, „nimmt keinen Rat an, sagt immer nur: ‚Starrrk! Starrrk! Quatsch und Quarrrk!‘“

„Aufhören!“, sagte Henrike und blies ihre Backen auf. „Wenn ich lache, dann wackelt doch mein Bauch!“

Henrikes Bauch durfte nicht wackeln. Auf ihrem Bauch lagen die Wildenteneier. Dort, unter dem Pullover, hielt Henrike die Bruteier warm, solange die Flatter-Ilse unterwegs war.

„Ich würde dir ja das Brüten abnehmen“, sagte Henne, „aber mein Bauch ist ein Berg und da rollen die Eier herunter. Dein Bauch ist mehr eine Schüssel, wenn du auf dem Rücken liegst.“

„Jetzt“, sagte Henrike leise, machte sich ganz steif und hielt die Luft an.

„Was?“, fragte Henne erschrocken.

„Ich habe ein feines Zittern gefühlt“, hauchte Henrike. „Es lebt in den Eiern.“

„Die Küken strampeln gegen die Schale“, sagte Henne.

„Jetzt wieder“, sagte Henrike und legte die Hände behutsam auf die kleinen runden Hügelchen ihres Pullovers. „Oh, schön!“

Sie schwiegen. Die Birkenzweige bewegten sich sanft. Und winzige Tropfen Birkensaft sprühten wohlig kühl auf zwei glückliche Gesichter.

„Ich rechne und rechne und verrechne mich“, sagte nach einer Weile Henne. „Wann schlüpfen die Küken?“

„In fünf Tagen“, sagte Henrike. „Übermorgen fangen wir an, mit den Eiern zu reden.“

Henne und Henrike hatten gelesen, dass sich die Küken im Ei Stimmen merken und so ihre Familie erkennen, wenn sie dann draußen sind. Henne zählte im Kopf die Dachfamilie zusammen, die in den letzten Bruttagen auf die Enteneier einreden sollte. Henrike und er, die Kaminkehrer und Frau Schöne-Mauze, ja, das war einfach. Aber wie sollte er die Stimme des Dachwanderers zu den Bruteiern bringen? Es war nicht angebracht, mit Henrike über diese Stimme zu sprechen. Henrike ahnte Hennes Gedanken und gab dem Gespräch eine andere Richtung.

„Hoffentlich benimmt sich Ente Ilse in den Schlüpftagen“, sagte Henrike. „Da darf sie nicht vom Nest.“

„Wir stülpen einen Korb über das Nest“, schlug Henne vor. „Und wenn die zwei Erpel über dem Haus hin und her fliegen und locken, kann sie nicht abhauen.“

„Ich höre Entenflügel und Gequake“, sagte Henrike, hob den Kopf und lauschte. „Ja, sie ist es. Ente Ilse kommt zurück.“

Das Mädchen stand vorsichtig auf und legte die Eier wieder ins Nest. Es deckte ein paar Strohhalme darüber, so wie es Ilse machte, wenn sie ausging. Henrike konnte das in aller Ruhe und Zärtlichkeit tun, denn Ilse flog mit ihren bunten Verehrern immer noch einige Abschiedsrunden über der Krummen Sieben, bevor sie auf dem Dach landete.

Die Schlüpftage begannen. Drei Entenküken knackten die dicke Eierschale von innen auf und hüpften, kugelten, stolperten frech in Henrikes Gartenwelt. Sie bekamen die Namen Quirl, Bimmel und Bummel.

Quirl war ein wilder Schwimmer, wirbelte im Wasser wie ein Quirl. Er war frech und neugierig und machte eine Dummheit nach der anderen, musste alles beknabbern, in allen Löchern nachsehen, überall herunterfallen.

Bimmel machte Lärm wie ein nimmermüdes Glöckchen, als wollte er rufen: „Hier bin ich! Hier bin ich! Vergesst mich nicht!“ Und Bummel war immer der Letzte, beim Schlüpfen aus dem Ei, beim Schwimmen im Teich, beim Spazieren übers Dach. Er war halt ein Bummelküken.

Alle Besucher des Gartens, sogar die schöne Lehrerin, verlernten beim Anblick der Küken das Sprechen. Sie konnten nur noch zwei Wörter säuseln: „Sooo süß!“

Henne und Henrike waren vernarrt in ihre Küken. Und wie das bei Vernarrten so üblich ist, verwöhnten sie ihre Lieblinge. Meist konnte Henrike nur noch mit einer Hand im Garten arbeiten, mit der anderen Hand hielt sie die drei flauschigen Bällchen an

ihrem Hals, unter dem Kinn, weil die Küken dort am liebsten waren und am besten schliefen.

Siebentes Kapitel
Kevin mit dem Kissen. Quirls erster Streich

In Henrikes Dachgarten war immer was los. Und manchmal wurden Gartenfeste gefeiert, zum Beispiel das Kressefest. Zu solchen Festen lud Henrike *Kevin mit dem Kissen* ein.

Kevin, ein Junge aus dem Haus, hatte Angst vor der Höhe. Besuchte er Henrikes Garten, dann wickelte er vorher ein dickes Daunenkissen um Brust und Rücken. Er hoffte, so gepolstert weich zu landen, sollte er vom Dach fallen. Kevin, nur noch *Kevin mit dem Kissen* genannt, spielte Cello. Kevin, das Kissen und das Cello passten zu Henrikes Gartenfesten wie der Windgesang in den Schornsteinen und das Hummelgesumm über den Blüten.

„Du hast gelacht", sagte Henrike wütend nach so einem Gartenfest mit Cellokonzert. „Das war gemein, gemein, gemein!"

„Ich konnte es nicht aufhalten", gestand Henne. „Es kam so aus dem Bauch nach oben, da hats mich geschüttelt und dann hat es mich gelacht."

„Gemein, gemein, gemein!", rief Henrike, legte den Arm über die Augen und tat, als ob sie heulte.

„Vielleicht kannst du mir verzeihen“, bettelte Henne, „wenn ich dich daran erinnere, dass ich doch einen leichten Dachschaden habe.“

„Auch mit einem Dachschaden darf man nicht gemein sein“, blieb Henrike hart.

„Die Schöne-Mauze und die Kaminkehrer haben keinen Dachschaden und haben auch gelacht“, verteidigte sich Henne zaghaft.

„Und das war sooo gemein“, antwortete Henrike.

„*Kevin mit dem Kissen* hat ja auch ein bisschen mitgelacht“, murmelte Henne.

„Gequält hat er gelacht“, sagte Henrike. „Was sollte er denn sonst machen? Sollte er weinen? Ihm war nach Weinen, das konnte man sehen, fühlen, mit-füh-len.“

„Ich schäme mich“, flüsterte Henne.

„Kevin hat so viel Angst vor der Höhe und ist trotzdem herauf aufs Dach gekommen“, ließ Henrike nicht locker. „Er wollte uns eine Freude machen. Weißt du, wie lange man üben muss, um Cello spielen zu können? Üben, üben, üben – stundenlang, jeden Tag. Und ihr lacht über ein blödes Entenküken.“

„Der Quirl ist nicht blöd“, sagte Henne. „Du liebst ihn ja auch. Er ist halt nur so schrecklich neugierig und kriecht in alle Ritzen und Löcher. Da ist er in das Cello gekrochen, um sich ein wenig darin umzusehen. Muss der erschrocken sein, als Kevin mit dem Fiedelbogen loslegte. Mitten im Cello ist es ja noch schlimmer als draußen. Du kannst ihm doch nicht übel nehmen, dass er vor Schreck gequietscht hat wie eine Quietschente.“

„Und der arme Kevin dachte, er hätte sich schlimm verspielt und ist ganz rot geworden“, erinnerte sich Henrike schmerzlich.

„Wir habens doch auch erst gedacht“, sagte Henne. „Und als dann Kevin den Quirl aus seiner großen Geige geholt hatte, da ist das mit dem Lachen passiert.“

„Und ihr hättet sofort wieder aufhören müssen.“

„Es ging aber nicht“, sagte Henne. „Doch dann haben wir noch richtig hingehört.“

„Da war schon alles verdorben“, schimpfte unversöhnlich Henrike. „Quirl war der Mittelpunkt, er hat Kevin an die Wand gequietscht.“

„Wir haben lange geklatscht“, sagte Henne.

„Das war für Kevin ein Schlag in die Magengrube“, sagte Henrike.

„Zum Glück hatte er ein Daunenkissen davorgebunden“, sagte Henne.

„Das finde ich gar nicht witzig“ sagte Henrike streng. „Ich schlafe schon.“

„Schlaf nicht böse ein“, bat Henne.

„Halbböse“, gab Henrike etwas nach.

„Viertelböse?“

„Na, meinetwegen.“

„Liebes Kind.“

„Selber.“

Die Birken tröpfelten Medizin auf Lippen und Herzen, und wer genau hinhörte, vernahm ein ungebührliches Kichern in den Zweigen.

Achtes Kapitel
Das Knurrvieh in der Röhre

Henne und Henrike verwöhnten die Küken nicht nur, sie waren auch überbesorgt.

„Da!“, sagte Henrike und lauschte mit erhobenen Augenbrauen. „Jetzt wieder. Hast dus gehört?“

„Klar! Es knurrt“, sagte Henne. „Ist doch nichts Besonderes. Es knurrt oft. Darum heißt es ja auch *Knurrvieh*.“

Mit vollem Namen hieß das rätselhafte Tier mit der rauen Stimme: *Knurrvieh in der Röhre*. Es wohnte in einem Eisenrohrknoten in der Tiefe eines alten Lüftungsschachtes. Das war eine gute Höhle. Dort konnte das Knurrvieh ungestört hausen, weil niemand, nicht mal Henne, in dieses rostige Labyrinth eindringen konnte.

„Wie mag das Knurrvieh nur aussehen?“, fragte Henrike.

„Es wird ein dickes Fell haben, denn Blech ist kalt“, sagte Henne.

„Ob es wohl scharfe Zähne hat?“

„Natürlich hat es scharfe Zähne. Ist doch ein Fleischfresser.“

„Woher weißt du, dass es ein Fleischfresser ist?“

„Riecht man doch. Es stinkt aus der Röhre.“

Henrike ging zum Eisenrohrknoten und roch an der Öffnung. Sie verzog das Gesicht. Sie dachte nach.

„Und woher nimmt das Knurrvieh das Fleisch?“, fragte sie. „Klaut es Fleisch beim Fleischer?“

„Ha! Fleischer!“, sagte Henne. „Das Knurrvieh geht auf Jagd.“

„Aber wenn das Knurrvieh auf Jagd geht, dann müssten wir es doch manchmal sehen, wie es so dahinhuscht?“

„Das Knurrvieh ist ein Nachtjäger – kleine Nager und Vögel werden wohl die Beute sein.“

„Es beißt Mäuse und Vögel tot?“, fragte Henrike erschrocken.

„Keine Angst“, sagte Henne, „kleine vorlaute Mädchen stehen nicht auf seinem Speiseplan.“

„Aber Wildentenküken stehen auf seinem Speiseplan!“, rief Henrike. „Das Knurrvieh wird unsere Küken fressen.“

„Die Ente Ilse wird aufpassen.“

„Du weißt, wie unzuverlässig sie ist.“

„Da sollten wir uns nicht einmischen“, sagte Henne mürrisch. „Da kann man nichts machen.“

„Da kann man was machen“, sagte Henrike entschlossen. „Einer von uns beiden wird zum Fleischer gehen, viel Fleisch kaufen und dann werden wir das Fleisch in die Röhre werfen. Das Knurrvieh muss immer so satt sein, dass es nicht mehr jagen geht. Es muss sich einen Bauch anfressen wie ein gewisser Dachdecker. Ha, und dann klemmt das Knurrvieh fest und kann nicht mehr aus der Röhre.“

„Und wer soll zum Fleischer gehen?“, fragte Henne.

„Du“, entschied Henrike ohne weitere Erklärung.

Henne schob die Unterlippe vor. Er ging mutig bis zum Dachrand und sah hinunter in die Krumme Gasse. Die Krumme Gasse war voller wuselnder und wimmelnder Einkaufsmenschen.

„... Es freue sich, wer da atmet im rosigen Licht! Da unten aber ists fürchterlich ...“, sagte Henne mit Theaterstimme und fügte leise hinzu: „Schon gut, ich gehe ja.“

Und während Henne missmutig zur Blechtür stapfte, kam aus der Tiefe des Lüftungsschachtes ein ganz eigenartig fröhliches Knurren herauf. Es war ein Lachknurren. Es klang zustimmend und sogar etwas klug.

Putz- und Stutzhexen sind, nach Hennes Meinung, schwer zu erkennen, weil sie so harmlos aussehen. Und genauso schwer zu erkennen sind ihre Eroberungsfeldzüge. Mit Bohnerwachs, Möbelpolitur und Zitrusscheuermitteln setzen sie Duftmarken. Diese Duftmarken setzen sie immer tiefer in die Nachbarreiche. So verschieben sie geduldig die Grenzen und vergrößern ihre Hexenreiche.

Die Huxen bohnerte zuerst ganz harmlos den Lattenrost, der als Weg über die Dachpappe von der Feuertür zum Garten führte. Dabei näherte sie sich ganz langsam Henrikes Gartenreich. Aber sie näherte sich auch einem rostigen Blechgebilde, einer alten Lüftungsanlage voller Röhren, Hebel und Zahnräder. Ich erwähnte diesen Rohrknoten schon und ich erwähnte auch seine kräftige Ausstrahlung.

Frau Hux schnüffelte, machte ein mokiertes Mündchen und zog die Flügel ein – ich meine, ihre Nasenflügel. Frau Hux entschloss sich zu einer gründlichen Entstinkung des Blechkastens. Sie drehte ihren Besen um und stocherte mit dem Be-

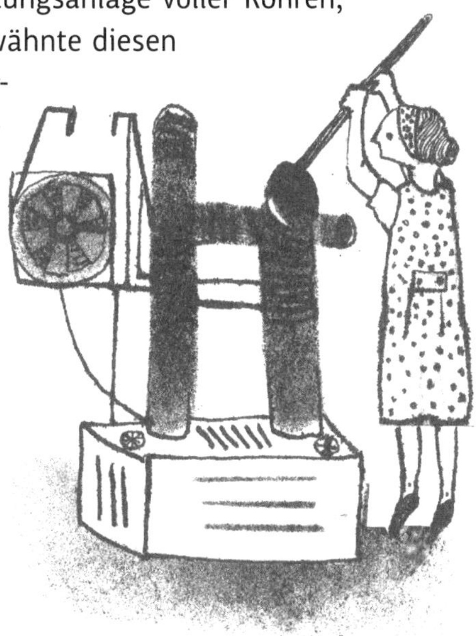

senstiel in alle Öffnungen der Rostkiste. Es knurrte leise, nahezu freundlich, in der Kiste.

„Aha! Hier bin ich richtig“, dachte die Hux, packte den Besen mit beiden Händen und stampfte kräftig in die Tiefe des Blechschlundes. Da knurrte es nicht mehr leise, es knurrte gewaltig. Schon weiche Menschenlippen, die ins hohle Blech einer Trompete pusten, machen großen Krach. Aber das Wutgebrüll eines Knurrviehs, verstärkt durch das Blechgehäuse wie durch eine Riesentuba, ist mächtiger als ein Gewitter.

Und wie vom Donner gerührt erstarrte die Hux. Der Besen wurde in die Tiefe gerissen. Das Knurren verstummte. Es knusperte und schrotete aus der Röhre, als knabbere ein großes Maul eine große Salzstange. Dann kam ein Scharren und Schlurfen in die Höhe. Vor dem Gesicht der Hux erschien das Gesicht des Knurrviehs. Es ähnelte dem Gesicht eines tasmanischen Waldteufels. Aus Haargestrüpp ragten schiefe Zähne. Ohren und Augen gab es auch, aber an Stellen, wo man sie niemals vermutet hätte. Das Knurrvieh spuckte Besenborsten aus. Die Späne des Stiels behielt es bei sich ...

Doch halt! Ich beschreibe das Knurrviehgesicht, als säße ich der Huxen auf der Schulter. Ein guter Erzähler muss aber auch auf der Schulter von Knurrviechern sitzen, und von dort aus Huxengesichter beschreiben.

Das Knurrvieh kam also aus dem Dunkel der Röhre hinauf in das Licht gekrochen. Und was sah es da? Es sah nicht die liebe Sonne, sah keine heiteren Wolken und sah auch keinen blühenden Garten. Es sah ganz nah vor sich das Gesicht der Frau Hux.

Schluss! Schreckensbilder gehören nicht in Kinderbücher. Gesichter ohne Güte sind Schreckensbilder. Also kurz: Das Knurrvieh konnte den Anblick des Huxengesichts nicht lange ertragen, es machte eine Kopfbewegung, die „Hau ab!“ bedeutete und löste damit die Erstarrung der Hux. Die Hux besah ihre leeren Hände. Huxhände ohne Besen sind ungeheuerlich leer. Die Hux rannte. Sie rannte zur Blechtür, rannte die Treppen hinab, rannte aus der Krummen Sieben, rannte in ein Kaufhaus, rannte in die Abteilung für Haushaltsgeräte und kaufte einen extra starken Stubenbesen.

„Uff!“, sagte Frau Hux, umklammerte den Besenstiel aus hartem Eschenholz, richtete sich daran auf und zog, so nachgerüstet, in neue Kämpfe gegen Schmutz und Ungestutz.

Neuntes Kapitel
Siegbert und Alwin

Aber nicht nur das Knurrvieh in der Röhre war eine Gefahr für die Küken, es gab auf dem Dach noch einen gewissen Siegbert.

„Henne?“

„Ja.“

„Henne, sei so lieb und streichle den Kater.“

„Ich habe zwar einen leichten Dachschaden“, sagte Henne, „aber ich bin doch nicht blöd.“

„Du bist ein erwachsener Mann mit Bauch und Muskeln“,

sagte Henrike streng, „und du fürchtest dich vor einer kleinen Katze?“

„Ja, so ist das“, sagte Henne.

„Aber wenn du diese Katze, den schwarzen Kater da, der uns um die Füße streicht, nicht streichelst“, erklärte Henrike, „dann kann ich nicht wissen, ob es Siegbert ist oder Alwin.“

Es gab nämlich zwei Kater in der Krummen Sieben, den Kater Siegbert und den Kater Alwin. Siegbert und Alwin konnte man nicht unterscheiden, sie waren gleich groß, gleich schwarz und gleich war ihr „Miau!“ Aber sie waren sehr unterschiedlich im Charakter, Siegbert war böse und Alwin war lieb.

„Darum musst du den Kater streicheln“, forderte Henrike. „Wenn er dich beißt und kratzt, dann ist es Siegbert und wir jagen ihn weg. Wir müssen ihn wegjagen, denn Siegbert will unsere Küken fressen.“

Henne lag neben Henrike auf der kleinen Wiese, die Hände unterm Kopf, den Bauch wie einen Berg in den Himmel gestreckt und fühlte eine starke Abneigung gegen jede Änderung dieser Lage.

„Warum soll ich erst streicheln?“, sagte er. „Wir jagen den schwarzen Kater weg und haben Ruhe.“

„Wenn es der gute Alwin ist“, sagte Henrike, „dann tun wir ihm ein Unrecht an. Das wirst du doch nicht wollen? Also streichle!“

„Du gibst ja doch keine Ruhe“, seufzte Henne und richtete sich auf. „Ich streichle, aber nur mit dem festen Arbeitshandschuh. Sooo! Braaav! Au! Du tückisches Vieh!“

„Hau ab, Siegbert!“, rief Henrike. „Ksch! Na, da rennt er.“

„Er hat durch das dicke Leder gehackt“, jammerte Henne und zog den Handschuh aus. Henrike betrachtete ziemlich uninteressiert die dicke Pranke.

„Nicht mal Blut“, sagte sie. „Jetzt können wir schlafen.“

„Siegbert ist wirklich böse“, sagte Henne und betrachtete den kleinen Kratzer auf seiner Hand.

„Alwin ist wirklich lieb“, sagte Henrike.

„So ist es“, sagte Henne. „Da kann man nichts machen.“

„Wenn wir nun“, dachte Henrike weiter nach, „einfach so tun, als wären die zwei Kater ein einziger Kater mit stark schwankenden Launen? Wir könnten ihm dann einen Namen geben, der sich aus Alwin und Siegbert zusammensetzt, zum Beispiel ‚Albert‘.“

„Es gibt Gründe, ihn nicht ‚Albert‘ zu nennen“, sagte Henne.

„Gut“, sagte Henrike, „basteln wir aus Siegbert und Alwin einen ‚Siegwin‘.“

„Gut. Das geht. Der Fall ist erledigt“, sagte Henne, „denken wir nicht mehr daran.“

„Es macht aber Spaß, daran zu denken“, sagte Henrike.

„Warum?“, fragte Henne und gähnte ausgiebig.

„Weil die Katze aus dem Nachbarhaus gerade vier schwarze Kätzchen geboren hat“, sagte Henrike.

„Bist ein kluges Kind.“

„Du auch.“

„Ich schlafe schon.“

Die Birken verteilten ihre Medizin und vom Rosenregal wehte Duft über die Schläfer.

Zehntes Kapitel
Der Mond schien auf den Hafertrog

In einer stillen Nacht, als unterm Dach der Krummen Sieben alles schlief, behaglich schnaufte und schmatzte, da war in Henrikes Dachgarten immer noch einiges los. Der Mond schien auf den Hafertrog. Eine alte, schlaue Wanderratte huschte über den Trogrand und duckte sich flach in den Haferrest, wartete unbeweglich im tiefen Schatten, dann begann die Ratte ganz behutsam den Quetschhafer zu fressen, zuckte plötzlich zusammen, lauschte, beruhigte sich und fraß weiter. Ein Schatten schwebte lautlos und sehr schnell heran. Die Ratte huschte davon. Eine Eule setzte sich auf den Trog, drehte den Kopf einmal einen vollen Kreis und wieder zurück, schloss langsam die großen Augen und öffnete sie wieder sehr langsam. Die Eule duckte sich, stieß sich mit ihren starken Klauen vom Trog ab und schwebte wieder lautlos davon.

Der Mond allein blieb zurück am Hafertrog. Eine Mäusefamilie näherte sich im Gänsemarsch. Trippel, trippel, stop, sich totstellen, lange. Die kleinen schwarzen Äuglein blitzten, die kleinen runden Ohren drehten hin und her, die Barthärchen zitterten. Und wieder trippel, trippel – geschafft! Im tiefen Schatten, nah am Trog, war die ganze Mäusesippe gut versteckt. Lange tat der Schatten so, als

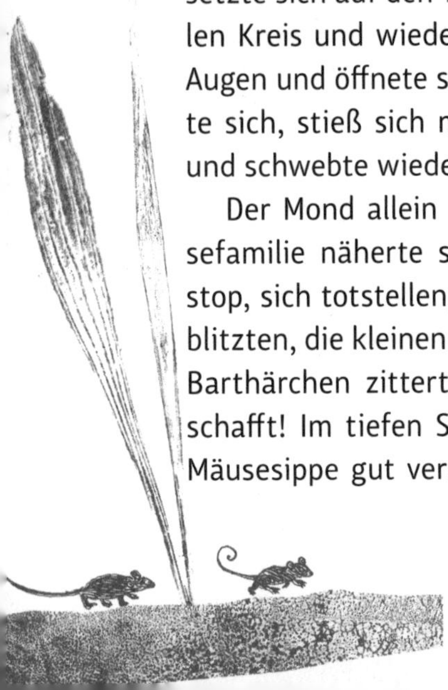

wäre er nicht mit Mäusen angefüllt. Dann husch-husch glitt ein Mäuschen nach dem anderen über den mondbeleuchteten Rand des Troges. Hastig wurden die Mäusebäuche mit Quetschhafer gefüllt. Zittert nicht, ihr Kleinen, es ist doch alles friedlich, mondversilbert, haferduftend. Keine Gefahr. Wir Menschen hätten nichts gehört, nichts gesehen, nichts gespürt. Doch die Mäuse haben feinste Alarmanlagen. Und schwupp, alle auf einmal waren sie verschwunden, so schnell und gründlich, als hätte es nie eine Maus auf diesem Dach gegeben. Gerade noch rechtzeitig, denn Siegbert, der bitterböse Kater, sprang mit einem mächtigen Satz mitten in den Trog. Nun saß er enttäuscht im Hafer, die Nachtluft war noch voll vom Mäuseduft. Siegbert hob den dicken Katerkopf und blinzelte in das Mondlicht.

„Vielleicht", so dachte er, „sollte ich etwas Quetschhafer kauen." Er schnupperte am Hafer und schüttelte sich. Soll doch der brave Alwin Hafer fressen. Er, Siegbert, musste heute Nacht seine Krallen in etwas Lebendiges schlagen. Siegbert spitzte die Ohren. Da! Oh, das klang verlockend. Er hörte ein unsäglich leises Träumequacksen eines Entenkükens.

„Ja", dachte Kater Siegbert, „so ein zarter Kükenbraten ist genau der richtige Leckerbissen zur Nacht."

Er hob eine Pfote über den Rand des Troges, zögerte vor dem Aufsetzen der samtweichen Tatze. Dann zog er ein Hinterbein langsam nach, wie in Zeitlupe. Oh, Siegbert

war vorsichtig, er war erfahren, er ließ sich viel Zeit. Er brauchte lange, bis er sich in Sprungweite zum Entennest befand. Er erspähte Quirl, der nicht vom Flügel der Glucke geschützt war. Frech, wie immer, schlief das Küken mitten auf Ente Ilses Rücken.

Siegbert duckte sich tief, die Hinterpfoten hoben sich in einer Schaukelbewegung immer ein paar Millimeter vom Boden, das letzte Signal vor dem Sprung. Dann ging alles sehr schnell. Nicht der Kater stürzte sich auf das Küken, sondern ein knurrendes, pelziges Ungetüm stürzte sich auf den Kater. Der Kampf war kurz. Der Kater Siegbert schrie, das pelzige Tier knurrte. Dann war es wieder still.

Der Mond schien auf den Hafertrog. Daneben saß zufrieden das Knurrvieh und aus seinem Maul baumelte etwas kleines Schwarzes. Das Knurrvieh hatte Siegberts Schwanzspitze abgebissen. Schwere Zeiten begannen für den bösen schwarzen Kater, er war nun deutlich vom lieben schwarzen Kater Alwin zu unterscheiden und wurde nur noch mit „Hau ab!“ begrüßt.

Das Küken Quirl hatte nichts vom Kampf um sein Leben gemerkt. Es kuschelte sich auf dem Rücken der Ente Ilse tiefer in deren Federn und quackelte leise im Schlaf.

Das Knurrvieh sah mit liebevoller Sorge auf das atmende Knäulchen Flaum. Dann spie es das kleine Stückchen Pelz aus und trottete zu den Birken hinüber. Das Knurrvieh setzte sich genau in die Mitte zwischen die Bäume, legte den Kopf in den Nacken und wandte das haarige Gesicht nach oben. Die Bäume rauschten und es war, als bogen sich die Zweige zum Knurrvieh hinab.

Das Knurrvieh knurrte. Doch das Knurren war sehr sanft und ging langsam in einen erstaunlich schönen Gesang über. Schwieg das Knurrvieh, dann antworteten die Birken mit feinem Rauschen. Waren es Fragen und Antworten? Waren es Belehrungen und Zustimmungen? Alles war sehr feierlich, als wäre es oft geübt worden, als wäre es eine Art von Unterricht. Der Mond schien auf diese wunderbare Schulstunde.

Elftes Kapitel
Ein Nilpferd im Planschbecken

„So geht das nicht weiter", sagte eines Tages Henrike. „Ente Ilse drückt sich vor dem Unterricht, sie treibt sich lieber auf dem Teich im Stadtpark herum. Die wichtigsten Stunden am Vormittag fallen aus. Du, Henne, wirst Aushilfslehrer."

„Aber ... Du weißt schon?"

„Lehrer dürfen einen leichten Dachschaden haben", behauptete Henrike, „das ist gut gegen Langeweile."

„Und was für ein Fach soll ich unterrichten?", fragte Henne.

„Das Hauptfach der Wasservögel, das Gründeln", sagte Henrike.

„Und was ist Gründeln?", fragte Henne.

Henrike erklärte Henne wie Wassergeflügel mit „Köpfchen in das Wasser und Schwänzchen in die Höhe" im flachen Wasser den Grund nach Nahrung absuchen.

Am nächsten Vormittag, Henrike war in der Schule und Ilse im Stadtpark, begann der Hilfslehrer Henne, mit einer schwarzen Turnhose bekleidet, den Unterricht. Die Turnhose reichte von der Brust bis zu den Knien, auch Hennes Bauch passte gut hinein. Lehrer sollten stets adrett gekleidet vor ihre Schüler treten. Henne stieg zu seinen Schülern Quirl, Bimmel und Bummel in den Ententeich, also in das kleine Planschbecken, zwanzig Zentimeter tief und einsfünfzig breit. Henne ging in die Knie, knüllte sich zu einer Riesenkugel zusammen und steckte den Kopf in die Brühe, soweit es halt möglich war. Seine Schüler Quirl, Bimmel und Bummel sollten durch das gute Beispiel ermuntert werden, diese Übung nachzuahmen. Doch dazu kam es nicht. Es fehlte an Platz im Planschbecken, auch Wasser war kaum noch vorhanden. Die Schüler wurden vom Lehrer an die Gummiwand gequetscht. Bimmel schrie wie eine Alarmanlage, Quirl versuchte, Henne auf den Rücken zu klettern und Bummel dachte das erste Mal im Leben, es täte vielleicht doch Eile Not, um sich zu retten.

Voller Hingebung gründelte Henne im Planschbecken. Wo große Blasen aus dem grünlichen Wasser brodelten, dort wird wohl die Vorderseite des Aushilfslehrers gewesen sein. Ganz sicher bin ich mir da aber nicht.

Ein Lehrer, ganz dem Unterricht hingegeben, vergisst die Zeit und die Umgebung. Durch unerklärliche Signale angelockt, tauchten die Kaminkehrer auf und machten es sich als Zuschauer bequem. Zwei Freistunden nutzend, erschien auch Frau Schöne-Mauze und setzte sich dazu. Der Dachwanderer besah sich den gründelnden Henne vom First des Steildachs her. Die Zuschauer, von Lachlust gebeutelt, pressten die Hände auf die Münder, um den Unterricht nicht zu stören.

Unbemerkt schob das Knurrvieh den Kopf aus seiner Röhre und betrachtete nun auch andächtig den dickbäuchigen Dachdecker im Planschbecken. Das Knurrvieh knurrte. Das Knurren war so freundlich, als knurrten da die Worte: „Was für ein schöner Mensch."

Kindern muss ich das nicht erklären, Erwachsene verstehen es sowieso nicht.

„Hilfe! Hilfe! Ein Nilpferd badet auf der Krummen Sieben!", kreischte es plötzlich vom Wäscheboden her. Frau Hux hatte dort durch einen Spalt der Blechtür nach dem Rechten gesehen. Ihr Geschrei zerstörte allen Zauber.

Später, als Quirl, Bimmel und Bummel ohne Hilfe des Lehrers fehlerfrei den schlammigen Grund mit den Schnäbeln durchsuchten, die Bürzel steil in die Höhe gereckt und mit den Schwimmfüßchen eifrig rudernd, strahlte Henne und sagte: „Sieht leicht aus, aber nur, wer es selbst probiert hat, weiß, dass es gar nicht so leicht ist."

„Gut Bimmel! Gut Bummel! Sehr gut Quirl!“, rief Henrike. „Prüfung bestanden!“

„Die Schüler machen ihre Sache ja recht ordentlich“, sagte lachend Frau Schöne-Mauze, „aber ihren Lehrer werden sie wohl nie übertreffen.“

„Starrrk, starrrk! Quatsch und Quarrrk!“, sagte Ente Ilse.

Zwölftes Kapitel
Die Wartebank am Wolkenstrand

Die Wartebank am Wolkenstrand war ein verwittertes altes Brett, schwarz und rissig. Es war weit oben, am höchsten Schornstein des Daches, befestigt. Dieser Schornstein ragte wie ein Aussichtsturm in die Höhe.

Starke Eisenklammern, in die roten Klinkersteine gemauert, führten zur Wartebank hinauf.

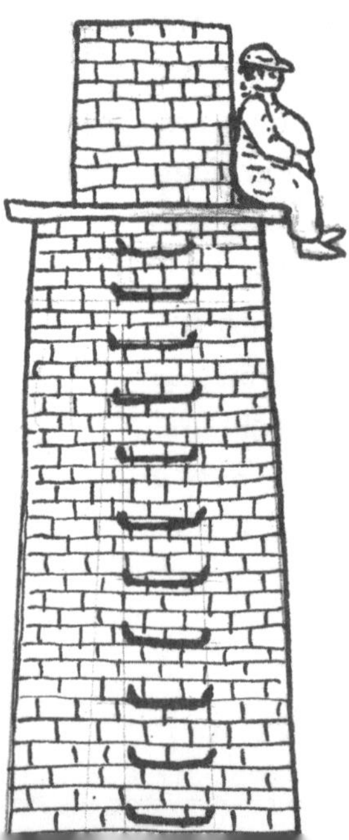

Henne saß oft hier, ließ die Beine baumeln, lehnte den Rücken an die warmen Steine und konnte die halbe Stadt überblicken. Er saß dort, wenn er auf Henrike wartete. Er konnte in die Krumme Gasse schauen und sah Henrike kommen und gehen. Selbst in der dichtesten Menschenmenge erkannte er das Kind. Henne konnte von seinem Hochsitz sogar drei Straßen entfernt das Dach von Henrikes Schule sehen, mit einem Türmchen und einer Uhr darin.

Wenn Henne vormittags in dunstiger Ferne das Türmchen mit der Uhr sah, wurde ihm leicht ums Herz. Da störte ihn keine Sonnenglut, kein kalter Wind, nicht mal strömender Regen. Die Mütze und die Arbeitsjoppe hielten das Gröbste ab, den Rest verdampfte sein gut durchbluteter Speck.

Die Leute vom Dach achteten Hennes Stunden auf der Wartebank am Wolkenstrand. Lautlos und unaufdringlich tauchte der riesige Eisenhaken mit seinem winzigen Körbchen vor Hennes Nase auf, brachte etwas Gebackenes oder Eingelegtes und verschwand nach der Mahlzeit wieder in der Höhe.

Auch der Dachwanderer stieg manchmal still die Eisenklammern nach oben, setzte sich schweigend neben den dicken Dachdecker.

Henne erzählte dem Dachwanderer von seiner Begegnung mit Henrike. Er erzählte, wie das Kind das erste Mal durch die Eisentür aufs Dach getreten war und wie sehr das Kind von einem blöden, zähen Husten geplagt worden war. Er erzählte, wie das Mädchen nun jeden Tag zur gleichen Zeit hier oben aufgetaucht war, den Kopf in den Nacken gelegt und das Gesicht in den Wind gehalten hatte und wie das den Husten langsam beruhigte.

Henne erzählte, wie schlau er sich immer vor dem Kind versteckt hatte, doch dass Henrike viel schlauer war als er und immer wusste, hinter welchem Schornstein er gerade stand. Dann erzählte Henne von der langen Zeit, als sie täglich mit ihm redete, ohne dass er antworten musste. Und wie so ihre Freundschaft begann.

„Ja, und dann kniete ich eines Tages vor einem Hügelchen Moos. Ich nannte den Hügel: Henrikes Dachgarten.

Und jetzt sitzen wir zwei hier oben", beendete Henne seine Erzählung.

Der Dachwanderer lächelte.

„Ein Fastnichts und dann das", murmelte er und hob sein Kinn leicht in Richtung des Gartens. Es waren wohl die ersten Worte, die der Dachwanderer auf der Krummen Sieben sagte. Mehr kam aber nicht. Er blickte suchend hinunter in die Krumme Gasse, seufzte und zog weiter auf seinen Wegen über die Dächer.

Dreizehntes Kapitel
Die dicke Tante Ungestüm

In Henrikes Dachgarten war, und das gab es auch, einmal nichts los. Henne beugte sich über Kocher und Töpfe und bereitete den Tee zu. Er hatte lange nicht aufgesehen. Schließlich war er mit der Küchenarbeit fertig. Er richtete sich auf, die dampfende Teekanne in der Hand, sah über Henrike hinweg in den Himmel. Er hielt inne, stand lange unbeweglich da und holte tief Luft.

„Die dicke Tante Ungestüm kommt auf uns zu", flüsterte er. „Und was für eine unglaublich dicke Tante."

Henrike erwartete einen Spaß und hielt Henne lächelnd ihre Teetasse entgegen. Henne sah nicht hin, er sah nur gebannt in den Himmel. Dann schien er sich zu besinnen, betrachtete die Teekanne in seiner Hand und die gereichte Tasse. Henne drehte sich um und goss den guten Tee in eine Abflussrinne.

„Aber …“, rief Henrike, besann sich und dachte an Hennes Dachschaden.

„Henrike“, sagte Henne, „wir müssen die Blumentöpfe aus den hohen Regalen räumen! Alles was leicht ist, muss auf den Boden. In wenigen Minuten tobt hier ein Sturm.“

Henne rannte zum Dachschuppen und schleppte Planen und Stricke heran. Henrike betrachtete jetzt den Himmel genauer. Er war seltsam rötlich, doch es war völlig windstill. Dann sah sie selbst das mächtige Ding, das Henne „dicke Tante Ungestüm“ nannte. Eine nachtschwarze Wolkenwand schob sich mitten am hellen Tag über die Stadt. Durch diese Wand zuckten Blitze, einige Sekunden verzögert grollte Donner. Ganz unvermutet wirbelte Staub in die Höhe. Es klirrte, die ersten Blumentöpfe kippten aus den Regalen.

Nun wurde Henrike hellwach, sie legte los, ihre Hände flogen. Sie warf alles, was ein Sturm wegfegen konnte, auf die Plane, die Henne auf dem Boden ausgebreitet hatte. Henne kippte die aufrechte Küche in eine flache Lage. Dann half er Henrike, türmte auf die Plane Topfpflanzen und leichte Saatkisten. Er warf die Zipfel der gefüllten Plane nach innen und verknotete sie.

Und schon prasselten große Tropfen auf die Dachpappe. Das Prasseln verwandelte sich in ein Klappern, denn Hagelkörner schlugen auf und hüpften seltsam kreuz und quer. Es wurde dunkel wie am späten Abend. Henne, mit seiner gewaltigen Kraft, schleifte die Wanne und den Bottich, in denen die Birken standen, zum hohen Schornstein und band die jungen Baumstämme dort fest. Da setzte der Sturm mit voller Kraft ein. Eine Bastmatte riss los und

wurde in den schwarzen Himmel getragen. Überall krachte und splitterte es. Unten in der Krummen Gasse ratterten Gartentische und Stühle über das Pflaster. Offene Fenster schleuderten auf und schlugen scheppernd zu.

Henne brüllte gegen den Sturm. Er wollte Henrike vom Dach schicken. Doch Henrike schüttelte sehr bestimmt den Kopf. Sie hockte sich hinter eine schwere, mit Erde gefüllte Kiste und klammerte sich an den Kistenrand. Es war die Salatkiste, in der Ente Ilse und die Küken ihr Nest hatten. Die Wildente machte sich so flach und glatt, dass der Sturm nichts von ihr fassen konnte. Sie presste die Küken unter sich ins Nest.

Dann passierte es. Quirl wand sich aus dem schützenden Gefieder der Glucke und steckte neugierig den Kopf unter dem Flügel hervor, sah Henrike und wollte zu ihr. Der Sturm packte das flauschige, leichte Knäuel und wehte es aus der Kiste, wehte es hoch und davon. Henrike wollte mit beiden Händen zufassen und das Küken retten und vergaß, dass sie selbst für den Sturm auch nur ein leichtes Küken war. Der Sturm riss sie um und ließ sie über das Dach schlittern. Henrike versuchte sich irgendwo festzukrallen, aber das Dach, von den Wassermassen glitschig, bot keinen Widerstand. So glitt das Mädchen schneller und schneller zum Dachrand hin.

Henrike spürte plötzlich einen heftigen Schmerz am Handgelenk. Der Schmerz war so schlimm, dass sie ganz unsinnig dachte, eine Eisenfalle wäre zugeschnappt und hätte ihr Handgelenk eingeklemmt. Der Schmerz nahm zu, doch sie rutschte nicht mehr übers Dach. Die Eisenklammerfalle zog an ihr, zog sie gegen den Sturm hinter ein Gemäuer. Dann hörte Henrike durch den Sturm das Keuchen eines Menschen. Das war keine Eisenklammer am Handgelenk, das waren eisenharte Finger eines gut trainierten Kletterers.

Der Dachwanderer war im Sturm auf die Krumme Sieben geeilt, um bei der Sicherung des Gartens zu helfen. Aber er kam zu spät. Das Unwetter war schon losgebrochen. Der Junge hatte sich trotzdem mühsam, von Schornstein zu Schornstein springend, dem Garten genähert. Dann rutschte in der Wasserflut des Wolkenbruchs etwas Helles, Schreiendes an ihm vorbei und der Junge sprang auf und griff zu.

Das Unwetter verschwand so schnell, wie es gekommen war. Das nasse Dach dampfte in der Nachmittagssonne. Henrikes Dachgarten war verwüstet. Zerfetzte Blätter und Blüten lagen auf verschlammtem Boden. Topfscherben, Kistentrümmer, zerbrochene Laternen, aufgeweichte Malhefte und vollgesogene Sitzkissen waren übers Dach verteilt.

Nur der kleine Ententeich, das Planschbecken für Kleinkinder, war wohl noch nie mit so sauberem Wasser gefüllt gewesen wie nach dem Unwetter. Ente Ilse und die Küken Bimmel und Bummel tummelten sich im Becken. Die Entenglucke putzte ausgiebig das Gefieder, reckte sich hoch und schlug vergnügt die Flügel aufs Wasser, als hätte es niemals einen Quirl gegeben. Henrike hockte am Beckenrand und weinte. Sie weinte rückhaltlos, wischte nicht mal die Tropfen ab, die aus der Nase liefen. Sie achtete nicht auf ihr Handgelenk, das mehr und mehr anschwoll und sich rötete. Sie weinte laut wie ein ganz kleines Kind, weinte untröstlich.

„Quirl, Quirl, Quirl!“, jammerte sie vor sich hin.

Henne und der Dachwanderer sahen hilflos zu ihr hinüber, wagten aber nicht, sich zu nähern oder gar Tröstliches zu sagen. Sie machten sich schweigend an die Arbeit. Zuerst banden sie die jungen Birken los und schafften sie wieder auf ihre alten Plätze. Sie holten die geretteten Pflanzen aus der Regenplane und stapelten sie in die Regale und Hochbeete.

Die Kaminkehrer tauchten auf. Sie sahen besorgt auf die Gartentrümmer, sie sahen noch besorgter auf die weinende Henrike. Henne flüsterte ihnen etwas zu.

„Schlimm, schlimm!", sagten die verrußten Männer. „Na ja, muss man aushalten. So ein Dach ist keine Puppenstube." Dann sagten sie nichts mehr und fassten kräftig mit an. Die vier Männer arbeiteten bis zum Abend. Henrike hatte sich leergeweint. Sie seufzte nur noch und hustete wohl auch wieder ein bisschen, wenn sie die zwei verbliebenen Küken Bimmel und Bummel streichelte.

Im schönen Abendlicht – nach Unwettern ist das Licht immer besonders schön – schwebte der gewaltige Kranhaken zwischen den Birken herab und das Futterkörbchen schaukelte am Seidenband. Doch diesmal gab es nichts Gebackenes, nichts Gekochtes, nichts Eingelegtes. Der Korb war mit Watte gefüllt. Ich glaube, es war Henrike, die mit ihrem feinen Gehör das Stimmchen unter der Watte erkannte. Sie wühlte die Watte zur Seite und hielt das Entenküken Quirl in den Händen.

Henrike war doch noch nicht ganz leergeheult, es sprudelte ihr nur so aus den Augen. Quirl zappelte munter und quietschte frech, wurde an das nasse Gesicht gedrückt und knabberte an Henrikes Nase. Dann musste Quirl einiges aushalten, weil viele Finger nach irgendwelchen Schäden an ihm suchten.

Alles war heil. Das Küken wurde in den Teich gesetzt und zeigte sofort, dass es den richtigen Namen hatte. Es wirbelte wie ein Quirl zwischen seinen Geschwistern und der Mutter Ilse umher und fand das Kükenleben toll.

„Ja, ja, die Natur“, sagte Henne, „baut die Küken so schlau, dass sie aus jeder Höhe wie Laubblätter herabsegeln und weich landen.“

Vierzehntes Kapitel
Das Regenbogenglücksarmband

Henrikes Dachgarten erholte sich nach der Verwüstung in wenigen Tagen. Es blühte und summte und zwitscherte wieder auf der Krummen Sieben. Es war, als hätte die dicke Tante Ungestüm das Leben auf dem Dach auf recht grobe Art ermuntert.

Auch Henrikes, nun sagen wir mal behutsam, „Püh-Verhältnis“ zum Dachwanderer war nach dem Sturm ziemlich heftig ermuntert. Einem Lebensretter konnte man nicht einfach den Rücken zudrehen. Das gehörte sich nicht. Bei den Aufräumarbeiten mussten sie sich ja auch manchmal etwas sagen.

„Hierhin?“

„Ja.“

„Umtopfen?“

„Nicht nötig.“

„Schwer?“

„Geht schon.“

Kein Grund zum Erröten. Doch die blöde Haut in Henrikes Gesicht machte, was sie wollte: Sie errötete einfach ohne Grund.

„Starrrk, starrrk! Quatsch und Quarrrk“, sagte Ente Ilse.

Die Kinder lachten, Henne lachte, das Knurrvieh knurrte, die Birken rauschten und so verschwand nach und nach diese blöde Verräterfarbe aus Henrikes Gesicht. Und nach und nach wurden richtige, lange Sätze zwischen Henrike und dem Jungen hin und her gesagt. Der Junge erzählte Henrike von den Spielregeln und den Unterschieden beim Klettern über Zement und Stahl und Gemäuer der Großstadt. Er sprach über Roofing, Bouldering und Claiming. Der Dachwanderer war ein Parkoursläufer, auch Le Traceur genannt.

„Wir sind die stillsten der Großstadtkletterer“, sagte der Junge. „Wir bewegen uns nur möglichst vernünftig von A nach B.“

„Aber warum sieht es dann wie Kunst aus, wie Artistik, fast wie Zauberei?“, fragte Henrike.

„Weil wir, genau wie Artisten, üben, üben, üben.“

Henrike dachte an Kevin mit dem Kissen und an sein Cello.

„Wir üben“, fuhr der Dachwanderer fort, „bis wir einige Griffe, Sprünge und Balancetricks schlafwandlerisch beherrschen. Das sind dann unsere Zaubermittel, und alle haben Namen. Doch das sind nur Namen für Eingeweihte.“

„Sag mir diese Namen, weihe mich ein“, forderte Henrike.

„Tic Tac, Präzi, Drop, Katze, 180, Wallclimb ...“

„Schon gut!“, unterbrach ihn Henrike. „Ich bin genug eingeweiht.“

Sie lachten.

„Und jetzt weihe ich dich ein“, sagte Henrike. „Rosmarin, Pimpinelle, Liebstöckel, Johanniskraut ...“

Henrike und der Junge verstanden sich gut. Trotzdem hielt der Dachwanderer immer etwas Abstand zum Garten. Er saß stets ein paar Meter entfernt, möglichst etwas erhöht, wenn Henrike ihre kleine Gesellschaft versammelte.

„Das muss vielleicht so sein“, dachte Henrike und war trotzdem sehr froh.

Der Sturm hatte einiges angerichtet, er hatte auch Henrikes Kleidung verändert. Vor dem Sturm waren Henrikes Pullover nur kurzärmlig, nach dem Sturm aber waren sie nur langärmlig. Henrike versuchte, ihr Handgelenk zu verstecken.

Erst war es geschwollen und rot, dann ging die Schwellung zurück, die Knochen waren heil geblieben. Nun war das Handgelenk rundum tintenblau. Nach drei Tagen wurde es vielfarbig: lila, gelb, grünlich.

„Er hat mir ein Armband geschenkt", flüsterte sie vor sich hin, und betrachtete dieses Farbspiel sehr innig. „Jetzt ist es nach und nach ein Regenbogenarmband geworden. Regenbogenarmbänder bringen Glück." Sie berührte mit den Fingerspitzen diesen Hautschaden und war selig.

Alle Prinzessinnen der Welt bekommen goldene Armbänder von ihren Prinzen, doch keine dieser Prinzessinnen wird sich so reich beschenkt fühlen, wie sich Henrike beschenkt fühlte mit ihrem Bluterguss am Handgelenk.

Eines Tages, das Glücksarmband war noch da, verschwand der Dachwanderer, ohne Abschied, ohne Erklärung, ohne Gewöhnungszeit.

„Wird wohl für Prüfungen büffeln müssen", sagte Henne.

„Für Prüfungen büffeln", äffte Henrike Henne nach.

„Kann auch eine Grippe sein, die ihn erwischt hat", sagte Henne.

„Ach, Henne, hör auf, mich wie ein kleines Kind zu behandeln", sagte Henrike leise. „Er ist ein Dachwanderer. Er ist vorübergewandert. Er war da und jetzt ist er weg." Und da war es wieder, ihr altes „Püh!"

Der Dachwanderer wurde in Henrikes Dachgarten nicht mehr erwähnt. Die Münder blieben geschlossen, und das war auch vernünftig. Henrikes Augen aber streiften unvernünftig umher, wenn Henne in seine Arbeit versunken war.

Fünfzehntes Kapitel
Der feine Herr Schmutzkarnickel

Nach dem Verschwinden des Dachwanderers ging das Leben im Dachgarten munter weiter. Die jungen Birken rauschten, das Knurrvieh knurrte, Kater Alwin wurde gestreichelt und Kater Siegbert wurde verjagt, die Küken wurden verwöhnt, Frau Schöne-Mauze schlief im Liegestuhl und Henne kochte Frühlingssuppen.

Eines Tages betrat ein ungewöhnlich fein gekleideter Herr das Dach der Krummen Sieben. Äußerst liebenswürdig begrüßte er Henrike, zeigte Begeisterung für den Dachgarten und saß lange mit dem Kind beim Kräutertee. Er hatte in gepolsterten Taschen irgendwelche empfindlichen Geräte auf das Dach getragen. Er kam drei Tage hintereinander.

Die übliche Anziehungskraft des Gartens war das nicht. Henne versteckte sich vor dem Fremden. Und seltsam, auch die Kaminkehrer tauchten nicht auf, wenn der feine Mann in der Nähe war.

Am Abend des dritten Tages, der Fremde war gerade gegangen, schwebte der Korb des Riesen Eisenhand heran. Im Korb war ein Zettel.

„Ville rede nix gut. Boge mache um feine mann!"

Unter den gekrakelten Buchstaben war eine Zeichnung. Mit einiger Mühe konnte man einen Mund erkennen und darüber einen Finger. Henrike reichte Henne das knitterige Stück Papier.

„Kluger Riese“, sagte Henne. „Du solltest seinen Rat annehmen.“

„Dummer Riese“, sagte Henrike. „Kann nicht mal richtig schreiben und will mich belehren.“

„Kluger Riese“, wiederholte Henne nur.

„Und du bist genauso dumm wie der dumme Riese“, sagte Henrike. „Ihr zwei seid ja nur eifersüchtig, weil mein neuer Bekannter ein feiner Mann ist.“

„Oho! Neuer Bekannter, vielleicht sogar guter Freund? Oho!“, spottete Henne.

„Ja, und er ist hochgebildet und kann alles gut erklären und behandelt mich wie ... wie ... wie ein kluges Mädchen behandelt werden möchte“, sagte Henrike heftig.

„Oho, ein guter Erklärer“, spottete Henne weiter. „Lass dir mal von ihm erklären, was für Geräte er mit sich herumschleppt.“

„Das hat er längst gemacht“, sagte Henrike. „Mit diesen Geräten kann er Karnickel zählen, die durch die Luft fliegen.“

„Oho! Er zählt also Karnickel, die durch die Luft fliegen? Na, das ist ja interessant“, sagte Henne bissig.

„Na, diese Schmutzkarnickel, die die Luft dick machen über der Stadt“, sagte Henrike.

„Partikel!“, sagte Henne. „Partikel, nicht Karnickel! Es sind Schmutzpartikel, von denen er spricht.“

„Ja, genau so heißen die kleinen Dinger, die er zählt“, sagte Henrike. „Er bekämpft diese kleinen Schmutzkarnickel, weil er ein Um-welt-schützer ist.“

„Ha, dass ich nicht lache“, sagte Henne leise. „Er bekämpft keine Schmutzkarnickel, er ist ein Schmutzkarnickel. Und jetzt will ich nicht mehr darüber reden.“

„Aber warum?“, rief Henrike. „Was ist denn los? Ich verstehe das alles nicht.“

„Da gibts nichts zu verstehen“, sagte Henne unwillig. „Das ist eine krumme Erwachsenensache. Das geht Kinder nichts an.“

„Ein großer Mann mit Bauch und Dachschaden weiß was und sagt es nicht“, protestierte Henrike. „Er lässt ein kluges Kind hilflos im Dunkeln.“

Henne brummte und wand sich, als hätte er Bauchschmerzen.

„Die Geräte“, sagte er endlich, „die dein neuer Bekannter hier aufs Dach schleppt, sind Kameras und Richtmikrofone. Damit spioniert er eine Wohnung auf der anderen Straßenseite aus. Er belauscht und filmt heimlich fremde Leute.“

„Aber das ist doch gemein“, platzte Henrike heraus. „So etwas darf man doch nicht machen.“

„Ja, das meine ich auch“, sagte Henne.

„Aber warum macht er das?“

„Es wird wohl sein Beruf sein“, seufzte Henne. „Er verdient damit sein Geld. Vielleicht ist er Spion oder Detektiv.“

„Vielleicht ist er ein Paparilli, Paparuzu, ach, so ein Rattenpapa?“

„Paparazzo, heißt das.“

„Ja, so ein Fotograf einer bunten Zeitung.“

„Kann sein.“

„Muss ich jetzt Angst vor ihm haben?“, fragte Henrike. „Ist er böse?“

„Kann man nicht sagen“, brummte Henne unwillig, „ob gut, ob böse, das kann man nicht wissen, weil es ja etwas Heimliches ist.“

„Und was soll ich jetzt machen?“, fragte Henrike.

„Der kluge Riese hat es dir genau beschrieben“, sagte Henne nur.

„Also“, sagte Henrike, „ich soll ville rede nix und eine boge mache um feine mann?“

„Genau.“

„Das wird nicht nötig sein“, sagte Henrike. „Weil er ein anständiger Kerl ist, wird er ‚mache eine boge‘ um mich.“

Henrike, das kluge Kind, behielt recht. Der feine Herr Schmutzkarnickel machte tatsächlich einen Bogen um das Mädchen. Er tauchte nie wieder auf. Aber ein Brief tauchte am nächsten Morgen auf. Der Brief lag fein gefaltet unter Henrikes Teetasse, von unsichtbarer Hand dorthin geschoben. Mit steiler Zornfalte über der Nase öffnete Henrike den Brief. Dann quietschte sie wie Quirl im Cello, hüpfte und lachte. Sie ging in die Hocke und drückte den Brief ans Gesicht, weil dort die Haut wieder heftig durchblutet wurde. Dann sprang sie auf, reckte sich auf die Zehenspitzen und winkte hinüber zur Baustelle.

„Irgendwer hat hier einen kleinen Dachschaden“, murmelte Henne. „Ich bin es aber diesmal nicht.“

Henrike reichte ihm den Brief. Darin stand, dass ein gewisser Dachwanderer seit zwei Wochen im Krankenhaus liege. Es sei kein Beinbruch, nur der Arm sei etwas kompliziert gebrochen. Es folgten Name und Anschrift des

Krankenhauses, Abteilung und die Nummer des Krankenzimmers.

Dann stand im Brief noch, dass ein gewisser Riese Eisenhand in Wahrheit eine Riesin sei, sie heiße Tamara, käme aus Moldawien, habe Architektur studiert und würde seit einem halben Jahr Deutsch lernen.

Der Brief endete: „Es grüßt das Schmutzkarnickel, das im weiten Bogen um ein entzückendes Kind hüpft."

Sechzentes Kapitel
Der krumme Hund aus der Krummen Sieben

Manchmal gab es in Henrikes Dachgarten auch Katastrophen. Einfach so. An einem heiteren Frühsommertag spazierte Henne durch den Schornsteinwald und genoss die Höhenluft. Plötzlich versank der Dachdecker mitten im Dach. Der dicke Mann blieb einen Moment in Bauchhöhe hängen und verschwand dann ganz und gar in der Tiefe – wie ein Jäger im Sumpf, wie ein Schlittschuhläufer im Dorfteich.

Und wie auf brüchigem Eis kroch Henrike auf dem Bauch zur Einbruchstelle und steckte den Kopf zwischen morsche Bretter und verwitterte Teerpappe. Sie sah hinunter in eine Dachkammer. Sie sah ihren dicken Freund hilflos in einem Weidenkorb sitzen, seine Arbeitsschuhe zeigten ihre groben Profile in die Höhe. Neben Henne waren Köpfe und Beine und Schwänze von Stofftieren zu sehen.

„Henne! Lebst du noch?"

„Ja."

„Bist du verletzt?"

„Nein."

„Ich komme und rette dich", rief Henrike. „Ich springe zu dir hinunter."

„Nein. Nicht springen", rief Henne zurück. „Hol lieber die Leiter aus dem Maschinenschuppen, die mittlere, die leichte."

Das war nicht nötig. „Knacks!", sagte das morsche Holz unter der verwitterten Pappe und begleitete in kleinen Teilen Henrike hinab in die dämmrige Tiefe. So ein Flug von zweieinhalb Metern gibt einem klugen Kind Gelegenheit viel zu denken.

„Ich fliege. Ich träume. Ich träume nicht. Gleich tuts weh. Ich muss wie eine Katze fallen, Hände und Füße ausstrecken. Es wird nicht wehtun. Ich falle auf Hennes Bauch. Ein Glück, dass wir in dieser Reihenfolge fallen. Säße ich da unten im Korb und Henne wäre unterwegs ..." Das alles dachte Henrike im freien Fall und landete auf Hennes Bauch wie eine Katze auf einem dicken Kissen. Es tat trotzdem ein bisschen weh. Aber nicht ihr. Henne stöhnte, aber nur ganz kurz.

„Alles h-h-heil?", fragte er und holte mühsam die Luft zurück, die dreißig Kilo fallendes Kind aus ihm gepresst hatten.

„Alles heil!", sagte Henrike. „Und du?"

„Alles heil!", sagte Henne und dann lachten beide. Henrike umklammerte Hennes Kopf und wischte verstohlen ein paar Tränen und die Nase in sein Haar. Dann stieg das Kind behutsam aus dem Korb, ohne mehr als unbedingt nötig auf Henne und den anderen Insassen herumzutreten.

Henrike sah sich um. Die Kammer glich einem behaglichen Buchladen, denn überall waren Bücherregale und Bücherstapel. Eine seltsame Gestalt schlurfte heran, sie trug einen Mundschutz bis unter die Augen, eine blaue Kappe und einen Doktorkittel und hielt Nadel und Faden in den Händen. Besonders auffällig waren ihre viel zu großen Schuhe ohne Schnürsenkel. Die Gestalt beugte sich über den Korb voll Dachdecker.

„Dann erst mal herzlich willkommen, mein Herr! Behalten Sie Platz!", sagte die Gestalt, wandte sich dann Henrike zu und sagte besonders herzlich: „Das also ist Henrike, die Gärtnerin vom Dach. Deine Stimme, Henrike, und deine Schritte kenne ich schon lange. Willkommen in meiner Höhle!"

„Verzeihen Sie die Störung", antwortete Henne verlegen. „Unser Besuch kam vielleicht etwas überraschend."

„Ihr seid vom Himmel gefallen", stellte die Gestalt recht nüchtern fest.

„Wir sind über Ihrer Dachkammer eingebrochen", erklärte Henne.

„Macht nichts, so was passiert, geht schon in Ordnung", sagte die Gestalt. „Mehr Licht! Und mehr Licht konnte ich gerade im Moment gut gebrauchen. Ich habe operiert und stickte gerade mit dem Fadenrest meine Initialen neben die Naht."

„Ach! Interessant!", sagte Henne im Korb. „Ich habe auch ..."

Die Gestalt nahm den Mundschutz ab und hervor kam das Antlitz eines alten Mannes mit einem jungenhaften Lächeln. Die klugen Augen sprühten vor Übermut.

„Sie sind also Arzt?", fragte Henrike.

„Nun ja, kein gewöhnlicher Arzt", sagte zögernd der freundliche Alte, „eher ein Tierarzt. Nun ja, auch kein gewöhnlicher Tierarzt, eher ein Stofftierarzt."

„Sie heilen Stofftiere?", staunte Henrike.

„Ja, ich operiere Teddybären, Plüschhasen, Wollschäfchen, Stoffaffen. Sie, mein Herr, sitzen gerade auf meinen Patienten."

„Oh, Verzeihung!"

Henne wollte aufspringen.

„Behalten Sie Platz", bat der alte Herr. „Das macht den Tierchen nichts. Obwohl Sie ja nicht gerade leicht sind. Sie haben einen Bauch."

„Ja, ich weiß", gestand Henne und wollte noch weitere Geständnisse machen. „Und ich habe einen ..."

„... einen leichten Dachschaden, weiß Bescheid", sagte der alte Herr und lachte. „Deshalb besonders herzlich willkommen! Ich bin Old Botte. Die Kinder im Viertel nennen mich auch, und das gefällt mir, den Krummen Hund aus der Krummen Sieben."

„Der berühmte Old Botte!", rief Henrike.

„Sehr erfreut!", rief Henne und deutete diesmal nur eine Erhebung an.

„Bleiben Sie sitzen", sagte der alte Herr. „Verbeugung reicht. Ja, ich bin Old Botte, das ist, glaube ich, deutlich an meinen alten Botten zu sehen."

„Oh, ja, diese Schuhe sind ...", sagte Henne und fand nicht das rechte Wort.

„Gigantisch!", half Henrike mit respektvollem Staunen.

„Nun", sagte Old Botte verlegen, „man muss sich doch irgendwie erkennbar machen."

Old Botte war der geheimnisvollste Bewohner der Krummen Sieben. Er schlurfte mit seinen großen Schuhen in die finstersten Winkel der Stadt. Er durchsuchte Hinterhöfe, Abrisshäuser und Flohmärkte.

„Ja, dort finde ich meine Patienten", erklärte er, „verletzte und abgenutzte Stofftiere, meist Invaliden allzu heftiger Liebe. Hier, in meiner Klinik heile ich sie, oder vernünftiger gesagt, ich restauriere."

„Frau Hux, die Hux mit dem Besen, behauptet boshaft, Sie wühlten nach Essbarem und Flaschen", sagte Henne.

„Ach, die Hexe Hux!", lachte Old Botte.

„Sie wissen es also auch, dass die Hux eine Hexe ist?", freute sich Henne.

„Das wittere ich auf tausend Schritt", sagte Old Botte. „Sie ist eine Putz- und Stutzhexe, das sind die schlimmsten."

„Ganz meine Meinung“, stimmte Henne zu.

Henrike ging still umher, strich über die Buchrücken, streichelte die Stofftiere, schob die Hand in einen Berg alter Knöpfe und befühlte Stoffreste aus Damast, Seide und Batist. Sie steckte ihre Nase in Holzwolle, Rosshaar und Schafwolle. Henrike fühlte sich wohl, als wäre sie hier schon lange zu Hause.

Dann fiel, wie ein dickes Laubblatt, halb geschwebt, halb geflattert, Quirl zu Henne in den Korb. Darauf kam, mit mehr Lärm, als einem einzelnen Küken zusteht, Bimmel hinterher. Es dauerte etwas, bis sich auch Bummel zum Sturz in die Tiefe entschloss. Oben am Dachrand aber reckte Ente Ilse ihren Hals nach unten und schimpfte.

„Starrrk, starrrk! Quatsch und Quarrrk!“

So lernten Henne und Henrike den geheimnisvollen Old Botte kennen. Später, unter den Birken, sagte Henrike nachdenklich: „Henne?“

„Ja.“

„Hörst du es?“

„Ja, Old Botte singt.“

„Aber Old Botte ist doch alt?“

„Ja.“

„Old Botte ist bitter arm?“

„Ja.“

„Old Botte ist ganz allein?“

„Ja.“

„Aber dann muss er doch sehr traurig sein! Trotzdem singt er in seiner Dachkammer?“

„Vielleicht“, sagte Henne, „hat er was gefunden, das ihn froh macht.“

„Einen Schatz?“, fragte Henrike.

„Nein, zwei Schätze“, antwortete Henne.

„Du meinst uns zwei?“, fragte Henrike.

„Bist ein kluges Kind“, sagte Henne.

„Du auch“, sagte Henrike.

Sie schwiegen. Am Atem hörte Henne, dass Henrike stark nachdachte.

„Ich weiß, was du denkst“, sagte Henne.

„Nichts weißt du“, sagte Henrike.

„Du denkst, was ein Festhaltekind halt denkt“, sagte Henne. „Ein Festhaltekind denkt an Old Botte und wie es ihn in den Garten holen kann.“

„Nein, nein! Ich denke an etwas ganz anderes“, sagte Henrike. „Ich denke, dass wir eine *Versteckung* brauchen. Das gehört sich so. Leute, die auf sich halten, haben eine Versteckung.“

„Wenn du meinst“, sagte Henne.

„Und Old Bottes Dachkammer soll unsere Versteckung werden“, erklärte Henrike. „Die Versteckung muss streng geheim und ganz leise gebaut werden. Niemand, schon gar nicht die Frau Hux mit den steifen Ohren, darf davon erfahren. Dort, wo das Loch im Dach ist, dort baust du eine Dachluke. Das wird die Geheimtür. Dann baust du noch eine bequeme Holztreppe zur Luke hinauf.“

„Einverstanden“, sagte Henne nur und lächelte.

Old Botte lächelte auch und war mehr als einverstanden.

„Das ist wunderbar!“, rief er. „Da kann ein alter Mann schon vor seiner Zeit ab und zu in den Himmel aufsteigen.“

Old Botte bekam in Henrikes Dachgarten eine windgeschützte Bank neben einem Schornstein. Dort las er dicke Bücher und ruhte von seinen Operationen aus. Die Küken saßen dann auf seinem linken Schuh, auf dem rechten Schuh machte es sich Ente Ilse bequem, Platz gab es da genug.

Siebzehntes Kapitel
Der Regen summt ein Märchen

Es regnete. Es regnete drei Tage lang. Henrikes Garten glänzte in der Nässe, die Regentropfen blieben einen Moment auf den schaukelnden Blättern, funkelten und rannen herab. Der Garten aalte sich, sog sich voll und schmatzte vor Behagen.

Unten, in der Versteckung, summte der Teekessel und summten die Gespräche. Frau Schöne-Mauze und die Kaminkehrer hörten Henrike zu. Quirl auf Henrikes Arm quakte dazwischen. Old Botte sprach mit Henne. Genauer gesagt, Old Botte sprach und Henne brummte unwillig.

„Warum brummst du?“, fragte Old Botte. „Habe ich dich gekränkt, mit meinem Gerede?“

„Nein“, brummte Henne. „Du hast mich nicht gekränkt, aber deine Bücher kränken mich. Es sind wohl tausend Stück ...“

„... mehr als dreitausend“, warf Old Botte ein.

„Ja, das ist es“, sagte Henne. „In den dreitausend Büchern ist kein einziger Dachdecker. Mich gibt es einfach nicht in eurer Bücherwelt. Das kränkt mich.“

Old Botte schwieg, schwieg lange.

„Verzeih mir den Unsinn“, sagte nun Henne sichtlich verlegen. „Ich hab mich aufgespielt. Du weißt ja, der Dachschaden ...“

„Jetzt erinnere ich mich“, sagte Old Botte. „Es gibt da eine alte Geschichte von einem Dachdecker, seinem Bauch, seiner Regenplane und seiner Werkzeugkiste.“

„Nicht möglich“, sagte Henne.

„Doch“, sagte Old Botte, nahm ein dickes Buch, legte es sich auf den Schoß und las daraus vor. Ein Märchen summte in der freundlichen Bücherhöhle.

„Dachdeckermärchen“

Eine dunkle Wolke kam herauf. Die Wolke hieß „Die dicke Tante Ungestüm“. Die Leute schlossen die Fenster und sie schlossen die Sonnenschirme vor den Cafés. Ein Dachdecker schloss mit einer Regenplane seine Baustelle auf dem Dach eines Wohnhauses. Einen Zipfel der Plane band er an seine schwere Werkzeugkiste. Den zweiten Zipfel knotete der Dachdecker an seinen Gürtel. Den dritten Zipfel warf er hinunter auf den Balkon der Frau Nudel und rief: „Festbinden!“

„Gut, mache ich“, rief Frau Nudel zurück.

Den vierten Zipfel der Plane ließ er herab zum Fenster eines Kinderzimmers.

„Liebkatja“, rief der Dachdecker, „binde den Zipfel fest.“

„Gut, mache ich“, rief Liebkatja zurück.

„Nun kann das Wetter kommen“, sagte der Dachdecker.

Da lachte die dicke Tante Ungestüm mit Donner und mit Blitz und schickte einen Wirbelsturm voraus. Der Sturm packte die Regenplane, bevor Frau Nudel und Liebkatja sie festgebunden hatten, und riss sie in die Höhe, riss die Werkzeugkiste in die Höhe, riss Liebkatja aus dem Fenster, auch ihr dickes Brüderchen, das sich an Liebkatjas Rock geklammert hatte. Der Sturm riss auch Frau Nudel vom Balkon, und sogar den Dachdecker riss die Plane in die Höhe, obwohl er einen Bauch hatte.

Wie ein großes Segel, so flog die Plane mit den zwei großen und den zwei kleinen Leuten und der Werkzeugkiste in den Himmel und auf und davon.

Da kam ein Rabe daher.

„Ra-Ra-Rabenfraß“, krächzte der Rabe. „Ihr werdet abstürzen und dann fress ich euch.“

„Unsinn“, sagte der Dachdecker. „Wenn wir uns gut festhalten, kann gar nichts passieren.“

Der Rabe flog einmal um das Luftschiff herum.

„Nein, nein“, ächzte
er. „Das geht nicht gut. Ein Aufwind trägt euch in die Höhe, lässt er nach, dann stürzt ihr ab.“

„Wenn uns der Wind nicht mehr trägt“, sagte der Dachdecker, „dann wird uns meine gute Regenplane wie ein Fallschirm tragen.”

„Dazu braucht es Gleichgewicht“, krächzte der Rabe boshaft. „Doch gleichgewichtig seid ihr nicht!“

Der Dachdecker sah nachdenklich hinunter zur Werkzeugkiste, die war am schwersten. Die Kinder waren am leichtesten und schwebten ganz oben am Segel. Er und Frau Nudel flogen auf gleicher Höhe.

„Hochverehrter Herr Rabe“, sagte der Dachdecker. „Wären Sie so freundlich, einiges Werkzeug aus der Kiste zu den Kindern zu bringen?“

„Ich tue es nicht, weil ich freundlich bin“, sprach der Rabe. „Ich tue es, weil ich neugierig bin.“

Der Rabe flog zur Kiste und schlug den Deckel zurück. Ein erstickter Rabenschrei, und der Wind trug schwarze Federn davon. Eine Hand war aus der Kiste hervorgeschnellt, hatte den Raben gepackt und in die Kiste gezogen. Dann erschien ein fröhliches, rotes Gesicht überm Kistenrand. Der kleine Stoppel, ein stadtbekannter Bettelmann, hatte in der Kiste geschlafen. Stoppel sah sich um. Sah hinunter zu den winzigen Städtchen.

„Donnerwetter“, sagte der Bettler und lachte.

Da lachte die dicke Tante Ungestüm zurück und ließ es donnern und blitzen.

„Stoppel, du Strolch“, rief der Dachdecker, „lass den Raben frei und gib ihm Werkzeuge aus der Kiste.“

„Werkzeuge?“, fragte der Bettler. „Ach so. Das Zeug habe ich vom Dach geworfen, hinunter in die Wassertonne.“

„Schuft!“, brüllte der Dachdecker.

„Ich brauchte Platz in meinem Häuschen“, sagte der Bettelmann und klopfte an die Kistenwand, „Platz für mich und Platz für meine Schätze.“

„Schätze?“, riefen alle erstaunt.

„Ja, drei Schätze!“, antwortete der Bettler, „die sind in einem verknoteten Leinentuch. Der erste Schatz ist eine herrliche Brezel vom vorigen Donnerstag.“

Die dunkle Wolke donnerte wieder. Sie hatte nicht richtig hingehört.

Der Bettler fuhr fort: „Ich habe dort auch ein Päckchen Süßquark, etwas überlagert. Und dann ... und dann ...“, machte es der Bettler spannend, „habe ich als dritten Schatz ein Klümpchen Goldpapier. Darin sind die Füße eines Weihnachtsmanns eingewickelt, dicke, feste Füße aus Vollmilchschokolade.“

„Das wird sofort verteilt!“, befahl der Dachdecker.

„Süßquark für mich. Die Brezel für die Damen und die alten Füße für das Brüderchen.“

„Will keine alten Füße“, maulte das Brüderchen. „Ich will den Süßquark. Warum muss der Dachdecker den Süßquark essen, der hat doch einen Bauch?“

„Du isst, was auf den Tisch kommt“, schnauzte Liebkatja.

„Ich will das Goldpapier“, krächzte der Rabe.

„Nichts da. Das sind *meine* Schätze“, sagte der Bettelmann. „*Meinemeinemeine*! Geb ich nicht her.“

„Du bist ein Lump“, rief der Dachdecker.

„Einen gesitteten Ton, wenn ich bitten darf“, sagte der

Bettler. „Und versuchen Sie nicht, meinen Reichtum anzutasten.“ Und der Kistendeckel krachte wieder zu. Dann öffnete er sich nochmal kurz einen Spalt breit.

„Was wollt ihr denn?“, klang es aus dem Spalt. „Es geht doch aufwärts.“

Da lachte die dicke Tante Ungestüm mit ihrem Donnerwetter und ließ die Winde ruhen. Aus dem stolzgeblähten Segel wurde ein schlaffer Lappen und die schwere Kiste mit dem Bettler, dem Raben und den drei Schätzen zog den Lappen rasend in die Tiefe. Und an den anderen drei Zipfeln zappelten wie Fransen die zwei kleinen und die zwei großen Leute.

Doch kurz bevor die Kiste auf den Boden schlug, lachte die dicke Tante Ungestüm und ließ die Winde wieder los. Die Plane straffte sich, wurde zum Segel und bremste den Fall.

„Das hat so schön gekribbelt“, sagte das Brüderchen. „Können wir das nochmal machen?“

„Halt die Klappe“, sagte Liebkatja.

„Festhalten“, rief der Dachdecker.

Frau Nudel schob mit der freien Hand ihr Haar zurecht und das Kleid über die Knie.

Der Kistendeckel hob sich. Kein fröhliches rotes Gesicht war zu sehen. Ein grünes Gesicht mit schreckgeweiteten Augen schob sich über den Rand. Dann hoben zwei besorgte Hände den Raben heraus. Der Rabe hatte das Bündel im Schnabel und verteilte die Schätze des Bettlers. Der Dachdecker bekam nichts, denn er hatte ja seinen Bauch.

„Gleichgewicht ist hergestellt“, rief er dennoch froh.

Die dicke Tante Ungestüm antwortete mit einem

freundlichen Donner. Der Wind ließ nach, und die Regenplane wurde tatsächlich zu einem Fallschirm. Ruhig sank der Schirm auf die Erde nieder.

Der Rabe bekam für seine Hilfe das Klümpchen Goldpapier. Stoppel, der Bettelmann, bekam als Lohn für seine gute Tat ein Zimmer in Frau Nudels großer Wohnung.

Alle zogen leichten Fußes nach Hause. Auch der Dachdecker fühlte sich erleichtert, obwohl er die Kiste, die Regenplane und seinen Bauch schleppen musste. Da lachte die dicke Tante Ungestüm und gab die Sonne frei.

Old Botte schlug schnell das dicke Buch zu. Es war ein Grammatikbuch für Altgriechisch. Henne hielt den Kopf gesenkt, und seine Blumenkohlohren glühten vor Erregung.

„Ja, ja, diese Bücher", sagte er, „darin gibt es doch manchmal auch Geschichten, die einiges Gewicht haben." Und er klopfte sich auf seinen prächtigen Bauch. Alle lachten, schüttelten die Köpfe, waren erheitert, aber doch auch etwas verlegen.

Der Regen klopfte nicht mehr auf die Dachluke. Die kleine Gesellschaft stieg zurück aufs Dach. Die Märchenstimmung wurde vom guten Licht des frisch gewaschenen Himmels vertrieben. Es klapperten die Gartenwerkzeuge, die Vögel pfiffen drauflos und schüttelten dabei ihr nasses Gefieder. Ente Ilse und die Küken lärmten im Planschbecken.

Henrike legte die Hände an einen Birkenstamm, drückte dagegen und quiekte fröhlich, als kühle Tropfen ihr ins Gesicht und in den Kragen fielen.

Achtzehntes Kapitel
Die Nebelbrücke

„Henne?“

„Ja.“

„Henne, du bist doch schon ganz schön alt.“

„Ja, bin ich.“

„Und du wirst ja nun bald sterben.“

„So alt bin ich nun auch wieder nicht. Ein paar Jährchen mache ich schon noch mit. Sieh mal hier, meine Muskeln.“

„Das ist doch das Problem. Wenn du das nächste Woche erledigen würdest, ich meine, das Sterben, dann wäre ich da und du wärst nicht allein und ich hielte deine Hand. So macht man das wohl.“

„Ja, so gehört sich das.“

„Aber wenn du erst so spät stirbst, in ein paar Jahren, dann bin ich doch nicht mehr da. Dann bin ich doch in Paris und studiere dort. Oder ich bin in Italien und heirate. Und du stirbst und ich weiß nichts davon und lache gerade in dem Moment oder tanze oder kriege ein Kind. Das wäre doch schrecklich unpassend.“

„Na ja, so ist das Leben. Da kann man nichts machen.“

„Ich will das nicht so haben. Ich will dagegen was machen.“

„Ich habe aber keine Lust, nächste Woche zu sterben, nur damit das in deinen Zeitplan passt."

„Ich will aber nicht gerade lachen, wenn du stirbst."

„Lachen, das passt schon."

„Warum?"

„Ich habe die Lösung für unser Problem. Ich erzähle dir jetzt, wie ich sterbe, als wäre es echt und wir erlebten es zusammen."

„Aber wenn es gar zu schlimm ist, dann lieber nicht."

„Am Ende lachen wir."

„Na, dann los."

„Ich werde hier oben an einem Schornstein sitzen und mir den alten Rücken wärmen. Es wird Herbst sein. Die Stadt wird sich langsam mit Nebel anfüllen. Du weißt ja, wenn sich die Stadt mit Nebel füllt, dann geht der Nebel nur bis zur Dachrinne. Dort pustet ihn der Wind glatt und lässt ihn nicht höher hinauf. Es sieht dann aus, als gäbe es eine Nebelbrücke zur anderen Straßenseite.

Über diese Brücke wird ein kleiner Junge kommen. Der kleine Junge wird lächeln, mit einem Grübchen in der linken Wange, und sich zu mir setzen. ‚Na, da bist du ja endlich!', werde ich sagen. ‚Ja, da bin ich', antwortet dann das Kind. ‚Komm, es ist Zeit', wird das Kind sagen, und mich an die Hand nehmen. Dann gehen wir beide über die Nebelbrücke, dabei reden wir. Bald kann man uns schon nicht mehr sehen. Man hört von hier aus nur noch, dass wir reden und lachen."

Neunzehntes Kapitel
Zwei Buben im Ärmel der Hux

Die schlaue Hux ahnte etwas von der streng geheimen Versteckung. Sie schlich mit dem Besen in der Hand auf leisen Sohlen durchs Haus.

„Schnüffeln, schleichen,
nach dem Rechten sehen;
lauschen, wittern,
bis die Ohrenspitzen zittern."

Ah, diesen Old Botte, den krummen Hund aus der Krummen Sieben, wollte die Hux wegputzen. Putz und stutz! Da war seine Tür. Sie schlich heran, sie spitzte das Ohr, vielleicht führte er Selbstgespräche, vielleicht plauderte er im Schlaf Geheimnisse aus, vielleicht hatte er gar Besuch. Da klopfte froh das Huxenherz, da kräuselten sich die schwarzen Haare auf der Warze!

„Hux und hex,
putz und stutz.
Hixe, Haxe, Huxe,
durch Schlüssellöcher
guckt se!"

Tatsächlich, es gab was zu erlauschen, Old Botte hatte Besuch. Frau Hux hörte Henrikes Stimme, sie hörte auch die Stimme des Dachdeckers Henne. Oh, das passte ihr gut.

Das gab was her für ein Briefchen, ein Besenbriefchen, ein Putzbriefchen, ein Stutzbriefchen, ein Kehrausbriefchen:

Sehr geehrte Brüder Lackschuh!

Höchst verehrte Besitzer des Hauses Krumme Gasse Sieben!

Ich muss leider eine unerfreuliche Meldung machen. Es haben sich Personen ohne Niveau und hygienische Standards auf dem Dach Ihres Hauses und darunter eingenistet. Diese Personen schaden dem Ruf des Hauses. Ich möchte Sie bitten, sich die Zeit zu nehmen und selbst nach dem Rechten zu sehen. Ich bitte Sie, gegebenenfalls Maßnahmen zu ergreifen.

Mit freundlichen Grüßen

Frau Hux, eine besorgte Mieterin, die Ihre Interessen vertritt

Der Huxbrief war angekommen. Die Brüder Lackschuh kündigten einen Kontrollbesuch an. Die Lackschuhbrüder waren Größen im Häusergeschäft. Sie besaßen auch die Krumme Sieben. Frau Hux tanzte mit dem Besen durch die Wohnung und trällerte.

„Zwei Trümpfe im Ärmel, juchhu!
Kreuzbube und Pik noch dazu.
Jeder Schuh geputzt,
jeder Bart gestutzt,
jede Minute genutzt.
Die Brüder Lackschuh,
sind mir lieb und teuer.
An die Geschütze! Feuer!

Hausversammlung!
Erscheinen Pflicht!
Bei Hux im 2. Stocke!
Wohnungsbetretung
nur mit reiner Socke!“

Mit reinen Socken betraten Henne und Henrike die gute Huxenstube. Die Brüder Lackschuh thronten wie zwei strenge Richter auf einem Sofa, jeder Schuh geputzt, jedes Barthaar gestutzt. Alle Hausbewohner waren versammelt, nur Old Botte fehlte noch. Es klopfte schüchtern. Frau Hux ging hinaus. In der guten Stube hörte man sie draußen schimpfen: „Nein, mit diesen Botten werden Sie meinen Teppich nicht betreten.“

Die Wohnungstür krachte, zornig kam Frau Hux zurück. Die Lackschuhbrüder winkten sie zu sich. Sie flüsterten der Huxen etwas ins Ohr. Die Hux nickte nur, nahm murrend aus einem Ständer eine alte Zeitung und breitete sie auf dem Teppich vor einem leeren Stuhl aus. Dann ging sie, um Old Botte zu holen. Das dauerte etwas, denn der Alte war zurück in seine Kammer geschlurft. Kevin, diesmal ohne

Kissen, hatte vorsorglich sein Cello mitgebracht. Er spielte etwas Beruhigendes.

In Musikbegleitung führte die Hux mit gespreizten Fingern und gepressten Lippen den alten Mann auf die Zeitung vor dem leeren Stuhl. Old Botte setzte sich nicht, er sah nach unten auf seine Botten und auf die Zeitung. Kevin unterbrach sein Spiel. Es war lange ganz still. Dann schnellten die Brüder Lackschuh gleichzeitig in die Höhe. „Väterchen! Väterchen!“, riefen sie. „Ach, Väterchen, liebes! Und wir dachten, du hast dich in der Südsee versteckt und haben dort jede Fischerhütte durchsucht nach dir. Und du warst die ganze Zeit so nah. Ach, Väterchen, Väterchen.“

Da flossen die Tränen, gelachte Tränen und geweinte Tränen. Kevin, mit feinem Taktgefühl, spielte Feierliches. Als dann Old Botte seine Söhne bat, Henrikes Dachgarten zu dulden und, wenn möglich, ihn selber nicht aus der Kammer zu werfen, da verstummte der Jubel und alle warteten gespannt auf die Antwort der Brüder.

„Ach, Väterchen, wie gern würden wir dich aus der Kammer werfen und in ein Schloss führen. Aber wir dürfen nicht. Du allein bist der Besitzer dieses Hauses. Wir haben es für dich nur verwaltet.“

Frau Hux wurde kurz ohnmächtig und ließ sich auf den leeren Stuhl fallen. Dann raffte sie sich schnell auf, umtanzte Old Botte, flötete lieblich, putzte an ihm herum und zupfte eine Fussel von der Schulter des Alten. Da erlebten die Bewohner des Hauses Krumme Gasse Sieben etwas völlig Unerwartetes. Aus dem immer freundlichen Alten dröhnte die Stimme eines wütenden Löwen:

„Ich will sofort meine Fussel wiederhaben!“

Die Söhne lächelten. Sie kannten die Kraft ihres alten Vaters; diese Kraft zeigte er selten, eigentlich nur in höchster Gefahr. Frau Hux legte erschrocken die Fussel zurück auf Old Bottes Schulter. Dann wurde gelacht.

Henne und Henrike, Kevin und Old Botte führten die Brüder hinauf in den Dachgarten. Dort wurde dann das Wiedersehen bis in die Nacht hinein gefeiert. Durch geheimnisvolle Signale angelockt, erschienen auch die Kaminkehrer und die Lehrerin Schöne-Mauze zum Fest. Henne steckte neue Kerzen in die Laternen und reichte Butterbrote mit fein gehacktem Basilikum und mit Petersilie belegt.

Kevin, nun wieder mit Kissen, spielte seine Paradestücke. Old Botte sprach vom Glück der Chirurgen nach schweren Eingriffen. Den Söhnen gelang es, dabei ernst zu bleiben. Nur die Ente Ilse benahm sich wieder daneben: „Starrrk, starrrk! Quatsch und Quarrrk!"

Der Mond stieg auf und zeigte seine ganze Pracht.

Henrike drehte den Kopf etwas zur Seite, nicht in die Richtung des Mondes. Sie sah hinauf zur Wartebank am Wolkenstrand. Von dort her leuchtete ein Gipsverband. Und dieses Leuchten übertraf den Mond und alle Sterne.

Zwanzigstes Kapitel
Nachspiel am Wolkenstrand

Henne saß auf der Wartebank am Wolkenstrand. Es war an einem Vormittag und er sah hinüber zum Schuldach mit dem Türmchen und der Uhr. Plötzlich hörte Henne ein ihm nicht vertrautes Scharren. An der Seite ohne Eisenklammern kletterte etwas an den glatten, harten Klinkersteinen empor.

„Das, was da klettert, wird wohl sehr scharfe Krallen haben", dachte Henne nur. Ihr wisst ja, dass Hennes kleiner Dachschaden ihn menschenscheu gemacht, ihm aber dafür alle Scheu vor seltsamen Begegnungen genommen hatte.

„Und es riecht auch etwas streng, was da klettert", dachte Henne freundlich.

Das Scharren hörte auf, ging in ein Knurren über und der Geruch verstärkte sich. Neben Henne, auf der Wartebank, saß nun das Knurrvieh aus der Röhre. Es ließ die zottigen Hinterbeine baumeln, drückte behaglich den Rücken gegen den warmen Schornstein und faltete die Vordertatzen mit den scharfen Krallen gesittet auf den haarigen Knien.

„Schön", knurrte das Knurrvieh.

„Ja", sagte Henne.

Sie schwiegen.

„Ich muss hier wohl einiges aufklären", knurrte das Knurrvieh und lachte rau.

Und nun erzählte das Knurrvieh.

„In der Schule für Wald- und Gartenfeen, tief versteckt in einem dichten Wald, begann ein neues Schuljahr. Die

einzelnen Klassen standen bereit, ihre Lehrer daneben. Die Direktorin der Schule, eine uralte Gartenfee, sprach ein paar aufmunternde Worte und begrüßte die erste Klasse. Dann, schwupp!, war die erste Klasse verschwunden und ringsherum, auf der Lichtung vor der Schule, standen nun viele Wiesenblumen. Die erste Klasse war nämlich die Blumenklasse. Die Feenschülerinnen verbrachten dieses Schuljahr als Blumen.

Dann, schwupp!, verschwand die zweite Klasse, und über den Blumen tummelten sich Schmetterlinge und Bienen und summende Käfer. Die zweite Klasse wurde die Summklasse genannt.

Nun war die dritte Klasse an der Reihe. Ihr Unterricht war schon etwas schwerer, denn in der dritten Klasse verwandelten sich die Feenkinder in Bäume.

Ja, die Ausbildung in der Feenschule war gründlich. Und das musste auch sein, denn die Feen wurden darauf vorbereitet, später eigene Feenreiche in Gärten und Wäldern zu gründen. Dort mussten sie dann gut regieren, das heißt, sie mussten Segen bringen.

In der Schule erfuhren sie am eigenen Leibe, wie all die Geschöpfe, für die sie sorgen sollten, lebten. Sie erfuhren, was Pflanzen und Tiere bedrohte, was sie quälte und was ihnen wohltat.

In der dritten Klasse, also der Baumklasse, waren zwei unzertrennliche Freundinnen. Nun, sie waren ungewöhnlich begabt, und auch recht lieblich, Bella und Quappa."

Hier unterbrach das Knurrvieh die Erzählung und knurrte verlegen.

„Nun ja, wo war ich? Ach so! Bella und Quappa wollten sich auch als Bäume ganz nah sein. Nicht einfach. Doch der alte Klassenlehrer, etwas stark behaart unterm Kinn und mit einer Knurrstimme, ließ sich von den Mädchen überreden.

Der Lehrer verwandelte also seine Klasse in unterschiedliche Samen der Bäume, in Nüsse, Kastanien, Bucheckern und so weiter. Er nahm die ganze Klasse in die Hände, hauchte noch ein paar gute Worte auf die Früchtchen und warf seine Schüler hoch in den Wind.

Die Freundinnen Bella und Quappa hielten sich fest umschlungen. Sie waren zwei Birkensternchen, also zwei Nüsschen mit winzigen Flügeln. Sie flogen hoch und höher und wurden vom Wind in die Ferne getragen. Sie landeten nicht in einem Wald, nicht in einem Garten, nicht in einem königlichen Park, sie landeten auf einem kahlen, unwirtlichen Hausdach einer großen Stadt. Was für ein Unglück! Was für ein böser Zufall!

War es ein Zufall? Oder war es die Absicht des Lehrers,

den beiden Feen eine fast aussichtslose Aufgabe zu stellen? War es das Vertrauen des Lehrers in die Kraft der Feen? War es die Einsicht des Lehrers, dass auch in den großen Städten Gartenfeen Segen verbreiten müssen?

Jedenfalls überließ der Lehrer seine Schülerinnen nicht einem schlimmen Schicksal. Er begleitete sie in das unfruchtbare Gelände. Er verwandelte sich in ein Tier, das gut zum Hausdach passte. Bei solchen Verwandlungen gibt es strenge Gesetze, wichtige äußere Merkmale müssen übernommen werden. So verwandelte sich der Lehrer in ein sehr haariges Tier, das knurrte. In dieser Gestalt stand er seinen Schülerinnen bei, so gut es halt ging."

Das Knurrvieh lachte rau.

„Bis jetzt", sagte das Knurrvieh, pochte dreimal mit der Rückseite der Tatze auf das Brett, „ging es ja gut. Und gut war auch die Verpflegung. Herzlichen Dank und Grüße an den Fleischer."

Henne und das Knurrvieh sprachen noch lange miteinander. Hauptsächlich sprachen sie über den Beruf des Lehrers. Als es für das Knurrvieh Zeit wurde, denn Henrikes Stundenplan war ihm vertraut, da zögerte es. Dann kratzte es mit scharfer Kralle eine Zeichnung in das schwarze Brett der Wartebank, so sauber, so exakt, dass der Fachmann Henne staunte. Es war die Bauzeichnung für einen Nistkasten.

„Es gibt keine Vögel, die in so schmalen Kästen nisten", sagte Henne.

„Stimmt", sagte das Knurrvieh.

„Wer soll in so einem hohen, flachen Ding wohnen?", fragte Henne.

„Fledermäuse", sagte das Knurrvieh.

„Ach", sagte Henne, lächelte und fügte hinzu: „Sagen Sie bitte, verehrter Herr Professor, wie heißt eigentlich die vierte Klasse in der Feenschule?"

„Dunkelklasse", knurrte das Knurrvieh. „Igel, Kröten und ... nun ja, Ähnliches."

„Vielleicht Igel, Kröten und – Fledermäuse?", fragte Henne und grinste breit.

„Kann sein", lachte rau das Knurrvieh. „Sie, mein Herr, sind ein würdiger Hilfslehrer und können mehr, als nur vollendet gründeln."

Henne und das Knurrvieh verabschiedeten sich herzlich. Das Knurrvieh verschwand. Es kratzte und scharrte an den harten Ziegeln des Schornsteins, der strenge Geruch verflog.

Henne sah in die Wolken. War es ein Traum? War es sein leichter Dachschaden? Ach, egal! Niemand kann das genau auseinanderhalten. Aber er wird mit Henrike noch heute eine Wohnung für Fledermäuse bauen. Vielleicht gibt es keine Wunder, aber Segen gibt es, darauf kann man sich verlassen. Und man kann sich darauf verlassen, dass Birken und Fledermäuse irgendetwas mit diesem Segen zu tun haben.

Henne entdeckte Henrike im Gewimmel der Krummen Gasse und alles war gut.